Karen

Ana Teresa Pereira

Karen

todavia

1. A noite e as sombras 9
2. A cortina negra 13
3. Uma casa em Northumberland 19
4. A janela 25
5. I remember things 31
6. Nova perspectiva da casa 35
7. A interpretação dos sonhos 41
8. Gently evil 47
9. Noites frias 53
10. A cascata 59
11. Os anjos 65
12. O lugar errado 69
13. A familiaridade das coisas 75
14. A pedra 81
15. O vestido vermelho 87
16. O baile 93
17. Os fiordes 99
18. A viagem 105
19. You'll never see me again 109
20. A chuva 113

Attempt
the art of metamorphosis
W. G. Sebald

1.
A noite e as sombras

Le Notti Bianche passava-se numa ponte: Maria Schell esperava o amante que partira há um ano, Marcello Mastroianni apaixonava-se por ela, e havia música, não sei de onde vinha a música, talvez de um bar ou de uma esplanada próxima; lembro-me de um barco no canal, e dos sinos a tocarem, e do momento em que começava a nevar, e da rapariga a deixar cair o casaco que tinha sobre os ombros e a correr para os braços de um dos homens. *Black Narcissus*: Deborah Kerr vestida de freira, e o inesperado dos seus cabelos ruivos quando recordava, porque aquele lugar fazia recordar coisas; Kathleen Byron a tocar o sino do mosteiro na beira do precipício e a pintar os lábios na sua cela, a voltar de madrugada com um vestido vermelho e o cabelo molhado; e depois a luta final entre a jovem com o hábito branco e a jovem com o vestido vermelho, as nuvens lá em baixo, o mosteiro erguia-se acima das nuvens.

Em tempos pensava que todas as histórias eram uma só, a luta entre o anjo bom e o anjo caído, e sempre à beira de um abismo.

Naquela noite, tinha a impressão de caminhar numa Londres criada em estúdio, um velho filme inglês dos anos quarenta. Uma rapariga casada que vinha a Londres uma vez por semana, ver um filme ou uma peça de teatro, e trocar um livro na biblioteca, livros de Dorothy Whipple, Richmal Crompton, D. E. Stevenson, Winifred Watson. Os transeuntes não me olhavam no rosto. Um pouco de nevoeiro.

Levei a mão ao peito para sentir a estrela de madrepérola do meu colar, mas não estava ali. Tirara-o ao vestir-me para o baile, usava uns brincos da mesma cor do vestido e nunca gostei de usar muitas jóias. E, quando me levantara de manhã, limitara-me a enfiar uns jeans e uma camisola, procurara o casaco castanho no armário do vestíbulo onde estivera sempre.

Meti a mão no bolso do casaco castanho e segurei a pedrinha cor de laranja. Não sabia o nome da pedra, de vez em quando comprava uma nos mercados de rua, e estavam um pouco por todo o lado, nas gavetas da roupa, no meio dos livros, entre as bisnagas de tinta, nos bolsos dos jeans. A pedrinha reconfortou-me, apertei-a até ficar quente, mais quente do que a minha mão.

Estava nas proximidades da galeria e apertei o passo. A falta física dos quadros, que conhecia bem. Os meus quadros, a neve suja, a cortina de lilases, precisava de voltar a vê-los, passar os dedos na assinatura no canto inferior, dizer o meu nome em voz alta. Ninguém que os olhasse reconheceria a neve, os lilases. Depois de fazer alguns esboços havia um momento, sempre inesperado, em que a neve, a água, as plantas, os campos, ou antes, as impressões que tinham deixado em mim, surgiam na tela. Ainda estava ali, a fragilidade das coisas que só querem existir, que se dão inteiramente. As pinceladas evocavam cores, luz, formas, sons, movimento. E depois as dores nos braços e nas costas, e um cansaço por dentro, bem fundo; só tinha forças para lavar as mãos e o rosto, tirar os jeans e a camisa aos quadrados, vestir uma camisola limpa e meter-me na cama.

Não era muito tarde, talvez a galeria ainda estivesse aberta. É uma galeria pequena, numa rua transversal, tem algo de capela, o baixo-relevo de um anjo num dos lados da porta, a parede a precisar de uma pintura, a tabuleta de madeira, *Antiques old and new*. Deveria ficar aberta toda a noite, como uma igreja ou um bar, um abrigo para os que se perdem nas ruas ou dentro de si mesmos. Mas estava fechada, o anjo parecia mais afundado na parede, como se voltasse para um lugar de onde nunca deveria ter saído, a tabuleta de madeira soltara-se num lado; passei a mão no vidro húmido da montra mas tive dificuldade em ver para o interior.

E como vou explicar isto ao meu corpo... A pergunta fez-me pensar num homem, a palavra corpo faz-me sempre pensar nele, e uma dor súbita forçou-me a inclinar um pouco para a frente.

Voltei as costas à galeria e continuei a andar. Passei por uma entrada do metro e hesitei por instantes; mas não estava longe de casa, uns dez ou quinze minutos.

A impressão de estar num cenário criado em estúdio. Se começar a nevar agora, como no filme de Visconti, a neve será a fingir. Cada um tem a neve que merece. A irrealidade acentuou-se quando cheguei à minha rua, como se só tivesse passado lá uma ou duas vezes, como se não vivesse lá desde que deixara de estudar.

As lojas escuras como num quadro de Whistler, não me lembrava daquelas sombras. Mas depois de tanto tempo... Se houvesse crianças a brincar na rua, estariam mais altas, mais velhas.

Era uma ideia estranha. Apertei os punhos dentro das algibeiras. Só tinham passado dois meses, pouco mais de dois meses. Estivera longe dois meses, deixara para trás os meus quadros e o meu gato, telas inacabadas no cavalete e na mesa onde trabalhava. A janela que dava para os telhados ficava um pouco aberta e o meu gato tinha uma vida dupla, vira-o entrar pela janela da senhora de idade que morava no prédio ao lado. Sentira a sua falta, éramos um do outro há muitos anos, sabia que era sempre o mesmo, o primeiro gato que tivera em criança, tínhamos conseguido encontrar-nos uma e outra vez nos oceanos do espaço e do tempo.

Parei junto ao candeeiro da rua, em frente do prédio, a olhar para a minha janela. Os vasos de gerânios não estavam no peitoril, a porteira devia tê-los levado para dentro. Mas mesmo com a luz fraca podia ver que as cortinas azuis não estavam na janela, talvez fosse só impressão minha, mas os vidros pareciam sujos, cobertos por uma espessa camada de poeira.

Não tem importância. Amanhã lavo a janela e ponho as cortinas e tudo voltará a ser como dantes.

A minha cama estreita, os lençóis baratos que não mudava com muita frequência. Uma pintura minha na parede, céu e oceano, estrelas no céu e no oceano, a forma irregular. A estante com álbuns de arte, colectâneas de poemas, romances de Henry James e Iris Murdoch, livros infantis. E o leve cheiro a tinta de óleo no ar, embora tivesse sempre o cuidado de deixar a porta do quarto fechada.

Abri a bolsa castanha que não era minha e tirei o chaveiro. Procurei a chave mas claro que não estava ali. Aquelas chaves eram da outra casa, a do portão, a da entrada, a da cozinha, a da porta das traseiras... O *meu* chaveiro só tinha duas. Tentei lembrar-me da última vez que o vira. Estava na mochila, a mochila com alguma roupa, o caderno de esboços e material de pintura que nunca chegara a encontrar. Devia ter sido arrastada pela água da cascata, pela água do lago que se transformava num ribeiro e desaparecia no interior das rochas.

Ou talvez estivesse na casa, nalgum sítio onde não chegara a procurar.

Não tinha importância. Na manhã seguinte mandaria fazer duas chaves. Na manhã seguinte alimentaria o meu gato, mudaria os lençóis, lavaria a janela, e depois voltaria para as telas que estavam em cima da mesa, ou talvez as pusesse de lado porque trazia tanta coisa nova, tantas paisagens e água e pedras e plantas, e fragmentos de poemas... E muros baixos de pedra.

Atravessei a rua e subi os degraus da entrada. Pressionei por instantes a campainha da porteira. Depois pousei a mão espalmada na porta. Como se quisesse deixar uma marca.

Estava em casa.

2.
A cortina negra

E as asas nos meus ombros já não brilhavam de noite. Acontecia-me muitas vezes, quando trabalhava até tarde, o CD de Keith Jarrett a tocar baixinho, mas não tanto que não pudesse ouvir aqueles sons que parecem gemidos, cantos, urros, com que ele acompanha as suas músicas... quando nem me lembrava de ter ido para a cama. Acontecia-me acordar assim, com uma imagem ou um verso, vindo lá do fundo, das regiões de mim que não conheço, que não quero conhecer.

Mas naquela manhã havia algo de diferente. Abrira os olhos por um segundo e voltara a fechá-los, mas o cheiro do meu cabelo que caía sobre o rosto não era o habitual cheiro a ervas mas um cheiro a flores. Aproximei o pulso da face e senti o cheiro a rosas, um pouco acre. Então abri os olhos.

O quarto não era estranho mas distante, como um quarto onde houvesse dormido quando era criança e tivesse esquecido entretanto. O papel de parede tinha pequenas flores azuis num fundo branco e os cortinados meio corridos também eram azuis.

Ergui-me ligeiramente e senti uma dor no tornozelo. Soltei um gemido. Não me lembrava de me ter magoado. Não tinha vestida uma das t-shirts brancas de algodão mas uma camisa de noite branca, comprida. Era muito bela, com bordado suíço à frente e três ou quatro botões. Não era minha.

Levei a mão ao peito para sentir a estrela do colar, e isso deixou-me mais tranquila, embora a estrela parecesse diferente ao tacto.

Na mesa-de-cabeceira ao meu lado estava uma foto numa moldura de prata. Um homem de uns trinta e poucos anos, com o cabelo preto e os olhos muito azuis e um dos rostos mais atraentes que já vira. Vestia uma camisa branca, e segurava um casaco leve sobre o ombro. Parecia estar numa praça, no meio de outras pessoas, e não olhava para a câmara. Eu nunca o vira antes.

Voltei-me para a outra mesa-de-cabeceira e a princípio não reconheci a rapariga na foto. Era uma foto a preto-e-branco, e a rapariga devia estar num bosque. Tinha o cabelo preso na nuca, um casaco escuro e uma expressão melancólica no rosto. Com um estremecimento, percebi que a rapariga era eu.

Passei a mão pelos olhos, como para afastar uma visão. A angústia chegou, aquela impressão de não saber onde estava, como chegara ali. Uma cortina negra que tornava tudo muito confuso, onde estivera na véspera, onde estivera nos dias anteriores.

Alguém bateu na porta ao de leve e sentei-me na cama, tentando ignorar a dor no tornozelo. O homem era o mesmo da foto, a camisa azul-escura tornava ainda mais intenso o azul dos olhos. Fitava-me sem sorrir.

— Bom dia, Karen.

Karen. Compreendi que tinha de estar na defensiva, não deixar transparecer a angústia que ameaçava tornar-se em medo.

Ele sentou-se na cama e pegou-me na mão.

— Sentes-te melhor?

— Dói-me o tornozelo.

— O médico disse que daqui a duas ou três semanas já não sentes nada. E os arranhões também vão desaparecer em pouco tempo.

— Os arranhões?

Ele respirou fundo.

— Ainda estás muito confusa, não é verdade? Mas isso também vai passar.
Tens de estar na defensiva. Não o deixes perceber que não te lembras de nada.
— Caí...
Ele largou-me a mão e fiquei a olhá-la por instantes. As minhas mãos estão sempre ásperas, com algum resto de tinta nas unhas. Mas tinham um ar macio, como se tivesse posto hidratante na noite anterior, e o verniz rosa-pálido era de bom gosto. Nas poucas vezes em que usava verniz, era transparente.
— Karen. Não estás a ouvir-me.
Apertei as mãos no regaço, como se quisesse escondê-las.
— Desculpa.
— Aquela ideia infantil de atravessares a cascata. As pedras são tão escorregadias que tinha de acontecer, mais tarde ou mais cedo.
A cortina abriu-se ligeiramente e vi uma rapariga a aproximar-se da cascata. O som da água, as gotas que me salpicavam o rosto, passei a língua nos lábios para as sentir. Mas tinha os lábios secos.
— Escorreguei ao atravessar a cascata...
— Suponho que foi quando voltavas.
— O que há atrás da cascata?
— Nada. Uma plataforma de rocha coberta de plantas.
— Deve ser bonito... olhar através da cascata.
— És a única a sabê-lo. Ninguém mais faz essa loucura.
— Como Alice... do outro lado do espelho.
— Alice caiu num buraco.
Mordi o lábio inferior.
— E ninguém mais a viu.
— Mas eu trouxe-te de volta.
— Sim...
A voz dele suavizou-se um pouco.

— Estás muito pálida. E deves ter fome.
— Sim...
— Ontem não comeste quase nada.
 Ontem... Tens de estar na defensiva.
— Não tinha apetite.
— Vou dizer a Emily para trazer-te o pequeno-almoço.
 Inclinou-se e beijou-me nos lábios.
— Pregaste-me um bom susto. Quando te vi caída nas rochas.
— Foste procurar-me.
— Não apareceste para o jantar. E Carol tinha-te visto afastar na direcção da cascata.

Emily. Carol. Karen. Se era um puzzle, tinha tão poucas peças que nada fazia sentido.

Quando ele saiu, esperei uns minutos e depois afastei a roupa e pousei os pés descalços no chão. Tentei ignorar a dor e, segurando-me nos móveis, aproximei-me do espelho da cómoda.

O cabelo estava revolto mas tinha bom aspecto, brilhava, como se o tivesse lavado na noite anterior. O rosto estava pálido, tinha alguns arranhões na face esquerda e um grande, exactamente a meio da testa, como um desenho ritual. Passei o dedo ao de leve naquela marca.

A camisa era de facto muito bonita, mas não era minha. E o colar que via entre os botões abertos também não era meu. O pendente de madrepérola estava talhado com a forma de uma estrela e o fio devia ser de ouro. Toquei-o, um pouco assustada. Nunca possuíra uma jóia tão bonita.

Tinha o meu fio de prata desde criança, e comprara o pendente feito à mão num mercado de rua. Mas o facto de os dois pendentes terem a mesma forma e quase o mesmo tamanho pareceu-me naquele momento o mais alucinante de tudo.

Aproximei-me da janela e afastei completamente os cortinados. O vento abria clareiras no nevoeiro do jardim. Um jardim não muito cuidado mas onde floriam maciços de rosas.

Um muro feito de pedras sobrepostas, um portão ao longe, entre as árvores.

Voltei para a cama, tremendo de frio. Meti-me debaixo da roupa e percebi que tinha os punhos cerrados.

Não fazia a menor ideia de em que parte do mundo me encontrava.

3.
Uma casa em Northumberland

Emily parecia uma jovem e bonita actriz a representar uma governanta de meia-idade e pouco atraente. O rosto pálido, os olhos muito escuros, quase negros, as maçãs do rosto altas, os lábios bem desenhados, o cabelo castanho com alguns fios brancos cortado acima dos ombros e puxado para trás das orelhas. As suas roupas eram simples e escuras, os sapatos rasos. Nas séries policiais clássicas o grande actor é sempre o assassino, e quando o detective explica o motivo do crime passam tantas coisas pelo seu rosto... Ver Martin Shaw ou Anna Calder-Marshall nesses papéis pode ser uma aula de representação.

Compreendi no primeiro dia que vivíamos só os três na casa. E no entanto, por aquilo que via da janela, não era pequena. A vinha virgem crescia na parede, havia janelas dos dois lados e em cima divisava um telhado cinzento e irregular. Uma rapariga da aldeia vinha duas ou três vezes por semana fazer a limpeza, via-a descer do autocarro em frente do portão, creio que não há paragem ali, mas as pessoas conhecem-se, e depois ela é quase bonita com o seu cabelo ruivo e figura airosa. Carol.

Havia também um cão que ladrava às vezes, e que ele, Alan, levava consigo quando saía a pé ou no automóvel. Um beagle castanho chamado Sam.

Sentia, instintivamente, que não podia confiar em ninguém. Eles tratavam-me como se vivesse ali desde sempre, como se nada tivesse acontecido além de uma queda, alguns arranhões, uma distensão no tornozelo.

Mas lembrava-me da cascata...
Era algo que fazia muitas vezes. A mochila com alguma roupa, um caderno de esboços e material de pintura. Metia-me no comboio com um mapa e um livro de William, e descia num lugar desconhecido, geralmente a última estação, na entrada de uma aldeia ou perdida no meio dos campos.

Nós somos feitos das histórias que lemos em crianças. Lembro-me de uma que perdi, e voltei a encontrar anos mais tarde num alfarrabista... Uma escritora metia-se num comboio, com as suas roupas mais velhas, e descia na última estação. Uma pequena cidade industrial coberta de neve. Caminhava pela rua, absorta, e chocava com um rapaz de bicicleta, e caíam no chão. Ele arranjava-lhe trabalho numa fábrica e ela comprava roupa modesta e alugava um quarto nas proximidades; ele passava debaixo da janela todas as manhãs e assobiava para a acordar, e por vezes trazia-lhe flores colhidas no meio da neve, e no Natal ofereceu-lhe bonequinhas russas... Eu sempre acreditei nas histórias de amor ligeiras, a escritora que ao fim de meia manhã a trabalhar na fábrica tinha terríveis dores nas costas e o jovem operário que reconheceu uma frase sua no título de um livro encontraram uma forma de viver juntos.

A minha ideia de amor sempre teve a ver com "a nossa mesa de trabalho", os nossos quadros dependurados em frente uns dos outros na parede. Mas aos vinte e cinco anos nunca me tinha apaixonado. Tivera "muitas intimidades com estranhos", acordara em quartos desconhecidos, ao lado de homens desconhecidos. Por um momento, na primeira manhã, pensei que era isso que estava a acontecer.

Mas nada tão simples como isso.

Na cómoda havia um frasco de perfume, "Wild Rose", alguns cosméticos, uma pequena caixa russa com a tampa pintada, um castelo numa paisagem de neve, algumas jóias bonitas mas não muito valiosas. Uma pedra-da-lua dentro de uma bolsinha de feltro, um ícone de madeira minúsculo, São Jorge e o dragão. No armário roupas que não reconheci, mas as que experimentei assentavam-me perfeitamente. Alguns vestidos de verão, camisolas, jeans de boas marcas. Ela gostava de vermelho e essa nunca foi a minha cor, vesti uma camisola vermelha de lã grossa, e o efeito do meu cabelo despenteado, a mordidela no lábio, os arranhões, a camisa branca transformada numa saia e os pés descalços tinha algo de poético e solitário. Algo de Karen.

Eles deixavam-me sozinha a maior parte do tempo. Ele trouxe-me livros, *The Glimpses of the Moon* de Edith Wharton, *Chedsy Place* de Richmal Crompton. Não li muitos romances de Richmal Crompton, encontrei alguns em alfarrabistas mas eram caros. Este parecia uma edição recente. Claro que cresci com os livros de William, continuavam a ser os meus companheiros. Karen e eu tínhamos Richmal Crompton em comum.

Também me trouxeram um leitor de CD. Van Morrison, *Astral Weeks*, Mark Eitzel, *West*, *60 Watt Silver Lining*...

— As tuas canções... – disse ele.
— Sim.
— Nunca te cansas de o ouvir.

Não Henry James e Iris Murdoch. Edith Wharton e Richmal Crompton. E no lugar da minha obsessão por Keith Jarrett, as canções de Mark Eitzel.

— Gostas dos contos de Henry James? – perguntei.
— Tu sabes que sim.
— "The friends of the friends"?
— "The altar of the dead", "The bench of desolation".
— Gostas do concerto a solo em Tóquio de Keith Jarrett?

Ele fitou-me por instantes.
— O de 1984?
— O de 2002.
— Estavas comigo quando o ouviste pela primeira vez.

Fez-se um silêncio demasiado longo.

— Eu conheço-o há muitos anos.

Ele encolheu os ombros.

— Se tu o dizes.

Uma manhã, Carol veio trazer-me o pequeno-almoço, o café, o sumo de laranja, as torradas acabadas de fazer, e deixou a porta só encostada. Alguns minutos depois o cão entrou e pôs as patas na beira da cama. Pareceu surpreendido e começou a ladrar. Recuei um pouco, assustada, e ouvi a voz de Alan na porta.

— Que se passa contigo?

O cão voltou-se ao ouvir a voz do dono.

— Anda cá.

Fê-lo sair e aproximou-se da cama.

— Ele não gosta de mim?

— Claro que sim. Não sei o que tem hoje.

Mas vocês nunca o deixaram entrar aqui. Porque ele me denunciaria. Porque ele vos denunciaria.

Ele olhou para o livro de Richmal Crompton.

— Estás a acabá-lo.

— Sim.

— Ainda tens cinco ou seis.

— Cinco ou seis?

— Reeditaram onze este ano.

— Onze!

— Foi o que me disseste.

— Sim, claro.

— Quando um de nós for a Londres, compra os que faltam.

— Estamos muito longe... – disse, sem o olhar.

— Northumberland fica longe de tudo. É por isso que gosto tanto de viver aqui.

Northumberland. A lembrança de livros infantis, de séries de TV. Castelos, muros de pedra, charnecas intermináveis. Porque viera para tão longe? Um comboio qualquer e a última estação. A história de sempre. E um autocarro vazio, algumas indicações num guia de viagem.

Nenhum de nós usava aliança. Não havia um único anel na caixa de jóias entre os brincos e as pulseiras de prata; como eu, Karen detestava anéis. E ele não dormia no quarto. Vinha dar-me um beijo de boas-noites, um frio beijo nos lábios. A partir daquele dia o Sam começou a acompanhá-lo, sentava-se a uma pequena distância de nós, com um ar um pouco intrigado, um pouco divertido.

Daí a alguns minutos era Emily que passava pelo quarto, trazia-me um copo de cacau e uns biscoitos feitos por ela, com um leve gosto a baunilha. Sentava-se na cadeira junto à janela e conversávamos. Depois ela pegava na chávena e no prato e saía sem olhar para trás.

Eu levantava-me depois de eles saírem. Entreabria a porta, a penumbra do corredor, ele desaparecia numa esquina ao fundo, ela descia as escadas. Voltava para a cama sentindo-me gelada e sozinha. Abria um livro para procurar calor.

4.
A janela

Agora passava uma parte do dia numa cadeira confortável junto à janela, envolta num roupão azul, que dissipava um pouco o frio do quarto. Gostava de ter a janela entreaberta, cheirava a rosas e a terra molhada e a nevoeiro. Adormecia com um livro aberto nos joelhos e a perna estendida, e já não acordava assustada, o quarto era familiar. O jardim lá fora transformava-se em poucos minutos, o sol iluminava tudo e lembrava que ainda estávamos em Setembro, o nevoeiro invadia tudo, e era uma sensação estranha, como se a janela desse para um poço. Talvez Karen tivesse brincado ali quando era pequena, devia haver outras crianças nas férias, como seria brincar às escondidas num jardim cheio de nevoeiro, mais perturbador ainda, como seria brincar à cabra-cega, como se os jogos se multiplicassem por dois, como se ganhassem uma segunda dimensão, jogos de fantasmas de olhos fechados, como soariam as cantigas infantis no meio do nevoeiro, sempre achei as cantigas infantis sinistras, resquícios de contos de fadas cruéis, como soariam ali, onde as crianças mal se viam umas às outras.

Quando fiz a pergunta a Emily compreendi logo que tinha sido desastrada, ela olhou-me com estranheza.

— Com quem brincava?

— Devia ter amigos. Não me lembro deles.

— Mas a Karen não cresceu aqui. Só veio para cá depois de casar.

A minha desculpa soou menos convincente do que nunca.

— Ainda estou muito confusa.
Mas ela continuou, com naturalidade.
— Foi Alan que cresceu aqui. Esta casa sempre pertenceu à família dele. Era uma das famílias mais importantes da região. A Karen teria gostado da mãe dele. Era muito bonita e afectuosa.
— E o pai?
— Viajava muito. Acho que a mulher e o filho não lhe perdoavam isso.
— Alan deve ter ido para um colégio.
— Mas voltava nas férias.
— E tinha amigos?
— Sim, tinha alguns aqui nos arredores, que também voltavam nas férias.
Então era ele que fechava os olhos e depois procurava fantasmas no meio do nevoeiro.
— Sim, consigo imaginá-lo aqui. Com um cão.
— Ele sempre teve um cão.
Emily levantou-se.
— É melhor descansar.
— Sim.
Saiu sem se voltar para trás. Peguei no livro que estava na mesa-de-cabeceira. Um pequeno mundo, como nos romances de Jane Austen, uma impressão de vida que me aquecia por dentro.
Era isso que procurava quando ia à galeria. Descobri-a por acaso, quando vivia no sótão há alguns meses. Um dia regressava a casa absorta nos meus pensamentos, uma neblina espessa escondia o outro lado das ruas. E de repente vi a porta aberta da galeria, e tive consciência do silêncio, a neblina abafava mesmo os sons mais próximos, os passos e os automóveis. Estava numa rua onde nunca tinha passado antes. Algo me conduzira até ali. Eu acredito em sinais. Como os candeeiros de uma rua, que nos indicam o caminho na escuridão ou no nevoeiro.

A galeria ficava num prédio antigo e tinha na parede um anjo em baixo-relevo, um anjo alto, como todos os anjos, os braços abertos, os pés escondidos pelo manto; uma tabuleta de madeira dizia *Antiques old and new*. A montra um pouco escura, uma caverna com quadros e objectos indistintos. *Old and new*. Entrei e era como uma igreja onde alguém acendeu umas velas, quase escuridão e depois uma luz acesa que desvelava pequenas maravilhas, quadros e esculturas de que ninguém ouviria falar.

Ele estava sentado numa mesa, num recanto quase escondido por uma estante, e modelava uma massa branca com as mãos compridas e ágeis. Tinha um daqueles rostos que a velhice revela, ossudos e graves, Samuel Beckett tinha um desses rostos, quando a alma já está tão perto que é quase visível, a alma está tão perto como a de um animal. Nesse dia não trocámos mais do que um leve cumprimento, mas comecei a passar naquela rua todas as tardes, quando voltava para o estúdio, com um saco de compras nos braços ou um ramo de flores do campo, às vezes ele estava na porta a fumar um cigarro (os meus anjos fumam e bebem café) e sorríamos um para o outro.

Como num conto de Henry James, levámos meses a começar a falar, a dizer os nossos nomes. Um dia meti numa pasta uma pintura que acabava de secar e levei-a comigo, deixei-a sobre a mesa como uma oferenda. Ele pegou na tela com cuidado.

— Há quadros que capturam um momento e outros que precisam de tempo.

— Eu sei.

— Não tenhas pressa. Deixa-os ficar dentro de ti.

— Entre os esboços e...

— E a tela ou o papel.

Gostava de sentar-me a vê-lo modelar, eram estátuas pequenas, e não se pareciam com nada que eu conhecesse, eram pessoas ou animais, mas pessoas ou animais que tinham vivido há muito tempo. De vez em quando dividíamos o almoço, um naco de pão e queijo, um copo de vinho. Eu falava-lhe do jardim nas traseiras da minha primeira casa, do riacho que passava ao fundo e das flores que cresciam à sua beira, e das ninhadas de gatos, e de Deus no riacho e nas flores e nos gatos recém-nascidos. Ele falava-me de quadros e de viagens, estampas japonesas e lugares onde o mar gelava no inverno. Os quadros de Van Gogh em Amesterdão e os de El Greco em Madrid (tu lembras-me uma madona de El Greco, as tuas linhas, a forma do teu rosto). Fiquei a conhecer galerias em que entramos para ver um só quadro, mal iluminado, e ruas solitárias onde a nossa alma se perde e acordam medos antigos, que talvez nem sejam nossos mas que herdámos com o sangue e as linhas do corpo; e as gotas de orvalho de manhã cedo em todas as folhas e todos os ramos de um bosque onde ninguém passa, e o som da água é o som do universo, o som que também está no fundo de nós, misturado com o vazio e a escuridão.

Quando ia passar um dia ou dois fora, num dos meus passeios pelo Norte da Inglaterra, era à galeria que me dirigia primeiro, ainda com os jeans sujos de terra e as botas de lama; tirava da mochila o caderno de esboços e ele folheava-o, e eu inclinava-me sobre o seu ombro.

— Estão cada vez mais abstractos – disse-me uma vez.
— Sim.
— A natureza é abstracta.

Deteve-se a meio do bloco. Na página esquerda havia um desenho a lápis, pequenas árvores de fruto no meio da água. Na outra, manchas verdes e brancas, algum rosa; e a mesma fragilidade das coisas que existem simplesmente, um pouco trémulas e cheias de esperança.

— Este?
— Sim.
— Dormi numa estalagem. Choveu muito de noite. Quando abri a janela de manhã, o pomar estava inundado.

— Era muito cedo.
— Sim.
Ele sorriu.
— Bom trabalho.

Tomei um café pelo caminho, e quando entrei no estúdio limitei-me a tirar as botas. Estendi-me na cama, o gato enroscou-se nos meus joelhos e não tardámos a adormecer.

Uma vez encontrei uma foto do meu amigo quando era pouco mais velho do que eu, um rosto belo mas ainda não aperfeiçoado pelo tempo, pensei que havia algo de errado, um de nós tinha nascido na altura errada.

Ele apresentou-me os artistas que expunham na galeria, eram todos desconhecidos como eu. Encontrávamo-nos lá para tomar um copo, para celebrar um quadro vendido.

Mas era bom pensar que ele guardava para mim os momentos em que estava sozinho.

5.
I remember things

Não fazia sentido, mas receava que eles me apanhassem nalguma contradição, nalguma frase, até nalgum gesto, que demonstrasse que eu não era Karen. Talvez porque isso poderia dar-lhes uma indicação de quem eu realmente era, e sentia necessidade de protegê-la, a rapariga de Londres com os seus jeans velhos e cabelo descuidado, e mãos um pouco ásperas, com restos de tinta nas unhas. A rapariga com o seu colar de prata comprado em Portobello, que passava tardes a ouvir música ou ler poemas e depois se aproximava da tela e se entregava a um ritual mágico, como se deitasse cinzas sobre a cabeça ou esfregasse cinábrio no rosto.

Os arranhões no meu rosto quase tinham desaparecido, mas não o risco na testa. Gostava da ideia de que ficasse uma leve cicatriz. Voltar para Londres com uma cicatriz e recomeçar, as manhãs junto ao rio, as tardes nas galerias, a música e os poemas, e os meus quadros. Os meus quadros nas paredes. Havia alguns de que não me queria separar nunca, como aquele que estava em frente da cama, cachos de lilases que tinham passado através de mim, reconhecíveis só para mim.

Não havia quadros originais na casa, mas algumas boas reproduções. Emily dissera que tinham sido vendidos, e também alguns móveis com valor. Antes de Alan casar com Karen.

Uma noite, ela tinha vindo trazer-me o cacau e os biscoitos, e sentara-se na cadeira junto à janela, o olhar perdido na

escuridão lá fora. Vestia uma camisola e uma saia cinzentas e o cabelo caía-lhe para o rosto. Parecia cansada.
— A casa é grande para tão poucas pessoas – disse.
Ela sorriu.
— Alan e eu gostamos de casas grandes.
E Karen? Sentir-se-ia perdida nos longos corredores, nas alamedas do jardim?
Naquele momento, tomei uma decisão. Precisava de um aliado. A rapariga, Carol, não me parecia muito inteligente e não devia conhecer a fundo o que se passava ali. Emily... mas sem tornar as coisas demasiado evidentes.
— Há coisas... de que simplesmente não me lembro.
Ela levantou os olhos.
— O médico disse que era natural. Mas que ia passar com os dias.
O médico de que não me lembrava. Era Emily que mudava a ligadura do tornozelo, com as suas mãos um pouco bruscas mas hábeis.
— Sim – disse rapidamente.
— Mas compreendo que deve ser perturbador.
Agarrei a oportunidade.
— A Emily pode ajudar-me.
— Contando-lhe coisas?
— É como se faltassem peças no puzzle.
— Compreendo.
— Sei tão poucas coisas de Alan.
Ela sorriu.
— Não é fácil conhecê-lo.
— O que faz ele o dia inteiro?
— Além de passear com o Sam?
— Além de passear com o Sam.
— Passa algum tempo no estúdio.
— É lá que dorme?

— No pequeno quarto ao lado do estúdio.
— Desde quando?
— Poucos dias antes... do acidente.
— Porquê?

Ela abanou a cabeça.

— Não sei. Suponho que discutiram.
— Discutíamos muito?
— Algumas vezes.
— Ele... tem outras mulheres?

O rosto dela contraiu-se, como se achasse a pergunta vulgar, de mau gosto.

— Não creio.
— E eu...
— Não se lembra?
— Não. Nem me lembro de como o conheci.

Ela apoiou a cabeça nas costas da cadeira.

— A Karen estava no segundo ano da universidade. Ele deu um workshop sobre o seu livro.

Então Alan era um escritor. Não só o descendente de uma família arruinada que vendia os objectos de valor que tinham restado.

— Ele sempre disse que tinha reparado logo em si. Porque era tão bonita, porque conhecia tão bem o seu livro de contos. Quando o workshop acabou, convidou-a para sair.

Juntei as duas imagens, o homem de camisa branca, a rapariga de casaco escuro. O homem e a rapariga caminhavam junto ao rio. Beijavam-se pela primeira vez. E talvez ela pensasse "a nossa mesa de trabalho", os nossos livros.

Emily continuou:

— Casaram dois meses depois.
— Quando foi isso?
— A Karen tinha vinte e dois anos. Vai fazer vinte e cinco para o mês que vem.

— E eu deixei de estudar.
— Sim. Veio viver para aqui.
— Estava muito apaixonada.
— Nunca vi uma mulher tão apaixonada.
— Compreendo isso – disse baixinho.
Ela baixou um pouco a cabeça.
— Porque continua a estar, Karen.
Tentei sorrir.
— Isso não passa com uma queda.
— Não.
Ela levantou-se.
— Vamos dormir. Aqui deitamo-nos cedo.
Como sempre, fechou a porta atrás de si sem olhar para trás.

Depois da hesitação inicial, falara com tanta naturalidade, que eu não podia deixar de sentir suspeita. E se aquilo fosse deliberado, fizesse parte do plano, dar-me uma falsa memória...

Puxei a roupa para cima. O quarto estava sempre gelado. Pensei que devia parecer uma princesa de contos de fadas, com a minha camisa branca bordada e o cabelo brilhante caindo sobre os ombros. Alguém bem cuidado, era isso, alguém de quem tomavam conta.

Tentei pensar no meu estúdio, a cama estreita, a pintura na parede, o William na mesa-de-cabeceira.

Mas o meu corpo abandonou-se aos lençóis macios, ao estranho e familiar papel de parede, como o papel de parede no meu quarto de criança, ao leve cheiro a rosas que vinha da minha pele e da janela fechada pouco antes; fixei o homem de olhos azuis na foto, com a camisa branca, o casaco sobre o ombro, aquele olhar que ignorava a câmara, que ignorava tudo à sua volta, que não me via a mim.

6.
Nova perspectiva da casa

Naquele dia, tinham-me autorizado a descer para o pequeno-almoço. Depois de um banho, e o gel cheirava a flores, claro, o cabelo ainda um pouco húmido, Emily escolheu para mim uma saia azul, estreita, e um camiseiro branco. Voltei a pôr o colar de madrepérola que tinha tirado antes do banho, é uma bela jóia, a estrela talhada com carinho.

Eu agora fazia todas as perguntas que me ocorriam a Emily, como se fosse natural ter-me esquecido das coisas mais simples.

— Foi um presente de Alan antes de casarem.

Eu nunca tirava o meu fio de prata do pescoço, mas este era tão delicado que tinha todo o cuidado com ele, creio que começava a amá-lo.

Emily ajudou-me a descer as escadas. Era estranho descobrir a casa assim, não tinha qualquer recordação de chegar ali, de atravessar o vestíbulo e subir os degraus que cheiravam a cera. Havia uma janela grande em baixo e estava aberta, deixando entrar o cheiro da manhã, da chuva da noite anterior.

Tomávamos o pequeno-almoço na cozinha, e mais uma vez a porta aberta deu-me a sensação de que a casa era atravessada pelo ar e os cheiros que eu não imaginara fossem permitidos numa acolhedora casa de campo.

Alan estava encostado à janela, com uma chávena de café na mão. Olhou para mim e depois para Emily com aprovação, e isso fez-me sentir gelada, eu tinha o aspecto que era suposto ter. O cão entrou pela porta que dava para o jardim, cheirou-me e deixou-me acariciá-lo.

— Ele já me conhece.

— Ele conheceu-te durante quase toda a sua vida.

Mordi o lábio. Fora um deslize e tinha de ter cuidado. Não que eu pensasse, nem por um segundo, que eles acreditavam que era Karen. Era como se representássemos uma peça, e tinha de desempenhar o meu papel. Eu sentira, desde o princípio, que tinha de defender-me, que corria perigo.

Foi um pequeno-almoço alegre, café para Alan e para mim, chá para Emily. E torradas acabadas de fazer, e aqueles deliciosos *scones* que eram uma das especialidades de Emily.

Quando nos levantámos, disse sem me dirigir a ninguém em particular:

— Gostava de ir ao jardim.

— Vou buscar um casaco.

Emily voltou daí a instantes com um casaco azul e ele ajudou-me a vesti-lo. Fechou os botões até ao pescoço. Havia uma familiaridade nos seus gestos, como se o tivesse feito muitas vezes.

Saímos com o cão. Embora o Sol brilhasse tenuemente, fazia frio lá fora. Aquela parte do jardim estava cuidada, uma pequena horta, algumas árvores de fruto protegidas por um muro. Os pássaros que me habituara a ver da janela, alciões, estorninhos, uma gralha em cima do muro.

Fiz algo que desejava fazer há muito tempo, voltei-me e olhei para cima, para a casa, cinzenta e com rosas trepadeiras. Havia algumas janelas abertas, o que lhe dava um ar menos sombrio.

Dei a volta à casa, e ele seguiu-me sem dizer uma palavra. A fachada estava coberta de vinha virgem, as últimas folhas muito vermelhas. Tinha um ar nobre e esquecido, uma única janela aberta, a porta aonde se chegava subindo alguns degraus com ramos de vinha à frente.

— É tão bonita!

Ele estava junto a mim. Era mais alto do que eu, mas não muito. O sorriso que mal conhecia tornava-o ainda mais atraente.
— Sempre gostaste dela.
— Foi por isso que casei contigo. Pela tua fortuna.
— Eu não tenho nada além desta casa. Fui eu que casei contigo pela tua fortuna.
Perguntei-me se estaria a ser irónico. A sua expressão era inescrutável.
— Eu sou rica?
— Bem, sê-lo-ás daqui a umas semanas. Quando fizeres vinte e cinco anos.
Olhei para o outro lado do portão fechado, para a estrada onde não se viam casas, onde raramente passava um automóvel.
— Então casaste com uma herdeira.
— Sim, preciso de dinheiro para continuar a escrever.
Desta vez não contive um sorriso.
— Sim, tu farias isso...
— Que raio de escritor seria eu se não fosse capaz de roubar ou até matar pelos meus livros? Casar com uma herdeira não é nada.
— Estás a escrever?
— Há uns dias acusaste-me de não fazer nada. De contar com o teu dinheiro para não fazer nada o resto da vida.
— Quando foi isso?
A voz dele alterou-se ligeiramente.
— Não brinques comigo, Karen.
A minha voz também se alterou. Era quase feroz.
— Não me lembro. Sabes que há coisas que esqueci.
— Sim. Emily disse-me.
— Emily...
Senti um pouco de amargura. Claro que Emily lhe era fiel. Como pudera pensar...
— Foi no dia do acidente.

— O acidente na cascata.
— Sim.
— Então estavas furioso comigo.
— Seria capaz de matar-te naquele dia.
— Mas não o fizeste.
— Tu estás aqui, minha querida.

Estávamos imóveis em frente um do outro. Ele não se incomodara em vestir um casaco ou uma camisola sobre a camisa branca e havia algo de familiar, o homem de olhos azuis e camisa branca, a rapariga de ar sombrio com o seu casaco escuro. Por um momento senti o desejo absurdo de ter o cabelo apanhado na nuca em vez de solto sobre os ombros.

— Sim, eu estou aqui – disse baixinho.

Mas onde estava Karen?

O Sol desaparecera sem que me desse conta e o nevoeiro aproximava-se. Já não víamos o fundo do jardim, o cantar dos pássaros tornara-se longínquo. O nevoeiro cheirava a rosas.

Estava muito frio agora. Levei a mão ao pescoço e ele pareceu compreender.

— Vamos entrar. Ainda estás fraca.

Rodeou-me os ombros com o braço.

— Apoia-te em mim.
— Não tenho dores.

Mas encostei-me a ele.

— Acendi a lareira da biblioteca. Podes passar a manhã lá.
— Com os meus livros.
— Com os teus livros.
— E tu vais escrever?

Ele sorriu.

— Carol não vem hoje. Vou preparar o almoço.
— Tu?
— Também esqueceste as rotinas da casa – disse com ironia.

Tentei sorrir.

— Não...
— Aqui todos trabalhamos. Quando estiveres um pouco melhor, tu também.
— Eu não sei fazer nada.
— Era o que dizias no princípio.
— Mas não deu resultado?
— Claro que não.

Demos a volta à casa com o Sam a correr à nossa frente. Emily esperava-nos na porta da cozinha, com um ar preocupado no rosto pálido.

7.
A interpretação dos sonhos

Lembro-me de ter lido em tempos que cada um de nós é realmente duas pessoas, e quando uma está adormecida num lugar, a outra vive uma existência diferente.
    Por vezes sonhava com os meus quadros. Comecei a desenhar muito cedo, mas estudei outras coisas, de alguma forma tudo estava ligado, a poesia, a música, a água, os nenúfares de Monet que vi em Paris. Passei muitas manhãs na Tate a copiar quadros e depois sentava-me junto ao rio a comer um sanduíche, uma rapariga de jeans desbotados e camisolas, o cabelo despenteado pelo vento, uma rapariga livre. Sim, havia o sonho de um homem, e da nossa mesa de trabalho, e das nossas pinturas em paredes opostas, mas isso era algo de distante e não necessário. Eu gostava de dormir com estranhos, de relações que duravam pouco tempo.
    Agora, enquanto aprendia a conhecer a casa, a conhecer o homem, também aprendia a conhecer Karen. Ela estudava literatura quando o encontrou. Uma rapariga que se apaixonou por um escritor, era fácil apaixonar-se por ele, eu levantava-me sempre da cama quando o ouvia sair de manhã, o seu vulto magro no jardim, o cão colado aos tornozelos.
    Sim, eu tinha de aprender a conhecê-la. Conhecia o seu rosto, não pensava nele como o meu, mas como o da fotografia, o ar melancólico, o cabelo preso na nuca. Agora sabia que não estava num bosque mas entre as árvores do jardim, via-se um pouco da casa ao longe.

Alan não parecia melancólico mas concentrado na sua foto. Penso que foi tirada noutro país. Emily disse-me que ele viajou muito, passou algum tempo em Espanha, depois percorreu os países nórdicos; fez as coisas mais diversas, foi marinheiro e trabalhou em armazéns, também trabalhou na cozinha de navios e restaurantes, o que detestava, porque tinha de cozinhar carne. Quase uma figura de romance, o aristocrata a quem a família só deixara um nome e uma casa.

Ele era de facto um bom cozinheiro, gostava de preparar peixe, com ervas que cresciam na horta. Quando o tempo arrefeceu mais, jantávamos só uma sopa, um copo de vinho e pão caseiro que Emily amassava duas vezes por semana.

A rapariga da aldeia, Carol, fazia uma grande parte da limpeza, mas nós três também trabalhávamos na casa. Normalmente Emily cozinhava, eu fazia as camas e limpava o pó, ele cuidava do jardim.

Uma manhã, entrei no quarto onde ele dormia: a cela de um monge, a cama estreita, quatro ou cinco livros na mesa-de-cabeceira. Ele limitara-se a puxar os lençóis para cima, e senti um prazer estranho ao fazer a cama, prender a roupa nos lados, ajeitar a almofada. No quarto em que trabalhava havia uma estante, uma secretária em frente da janela, um poster de um filme de David Lean na parede. Ele colara fotogramas no tampo da secretária, cidadezinhas do norte com o mar gelado à frente, aves que eu só conhecia dos documentários. Arrumei os livros policiais, os cadernos de Oxford, os mapas, as esferográficas azuis, baratas, todas iguais. A gaveta de cima da secretária estava fechada à chave. E perguntei-me se Karen teria razão e ele não fazia nada quando se encontrava no estúdio, além de fumar e ler contos de William Irish.

Eles não me deixavam trabalhar muito, ainda devia repousar com a perna estendida algumas horas por dia. Os arranhões tinham desaparecido, não o da testa, esse deixara a

sua marca. Ele gostava de tocar-lhe, não eram carícias, tocava-
-me devagar nos olhos, nos lábios, na face. E eu ansiava por
esses momentos.

Sempre achei que numa história em que o homem é muito
belo a mulher deve ser feia, mas nós não éramos feias, Karen e
eu, talvez como nas fotos fôssemos a preto-e-branco, ao lado
dele com os seus olhos muito azuis, jeans e camisas azuis.
Quando se vestia mais formalmente, optava pelo cinzento. Tinha pouca roupa no quarto onde dormia, a sua roupa continuava quase toda no nosso quarto, a primeira vez que usei men-
talmente essas palavras, o nosso quarto, tive uma impressão
de estranheza, como se fosse Karen a pensar dentro de mim.

Às vezes ia até ao portão, a estrada cheirava a cedros e quando
passava um automóvel os ocupantes pareciam surpreendidos ao
ver uma mulher sozinha ali, as árvores quase escondem a casa.
O autocarro que trazia Carol fazia poucas viagens por dia e creio
que nem passava aos domingos.

Emily disse-me que a aldeia ficava a uns dez minutos de automóvel; tínhamos um, velho e azul, que ela e Alan conduziam,
mas só para irem fazer compras.

Uma tarde, Emily foi ter comigo ao portão. Eu tinha a
impressão de que me vigiavam e a ideia não era totalmente
absurda, poderia apanhar o autocarro ou pedir boleia até à
cidade mais próxima. Não gostava da ideia porque isso im-
plicaria que estava prisioneira ali. E não o sentia quando de
manhã trabalhávamos os três na casa, ou durante as refei-
ções simples mas deliciosas, ou quando me sentava na biblioteca no meio dos livros dele e de Karen. Continuava a ler
os romances de Richmal Crompton, e isso era uma forma
de felicidade que se assemelhava à que os Williams me tinham dado em criança.

Eu estava junto ao portão, com as mãos nas grades, quando
senti alguém a aproximar-se. Emily tinha um ar preocupado e

olhava para as minhas mãos cerradas no gradeamento. Desprendi-
-as e cruzei os braços e ela percebeu e sorriu.
— Está a precisar de ir a Londres, Karen.
— Eu ia a Londres com frequência?
— Uma vez por semana.
Senti um certo alívio. Karen não se isolara completamente, uma vez por semana ia a Londres, talvez tivesse amigos.
— Temos muitos amigos aqui?
Ninguém me viera visitar. Ninguém perguntara por mim durante aquelas semanas.
— Sim, alguns, na aldeia e em casas dos arredores.
— A aldeia é grande?
— Tem alguns *bungalows*, lojas, uma igreja, uma estalagem. E ruas secundárias que parecem quase desertas, mas onde vive a maior parte da população.
— Há uma praia?
— Sim, junto ao cais. Mas a água está muito fria. A Karen nunca gostou de nadar aqui.
— E Alan?
— Ele, sim. Até o frio se tornar insuportável.
— E eu ficava na praia a vê-lo?
— A Karen gostava de passear junto ao mar.
Surpreendia-me sempre a forma como ela falava de Karen, embora fingisse estar a falar de mim.
— Um dia destes a amnésia vai passar. Vai acordar de manhã e lembrar-se de tudo.
— O médico disse isso?
A minha voz devia soar irónica porque já não acreditava que algum médico me tivesse visto. Ninguém sabia de nada, os amigos de Karen não tinham sido informados do que se passara naquele dia.
Ela respondeu vagamente:
— Sim.

E algumas vezes perguntava a mim mesma se isso aconteceria de facto, se um dia desses acordaria de manhã e o quarto seria familiar, próximo, e escolheria as roupas no armário sem desconfiança e deitaria no pulso o perfume de rosas selvagens como se fosse meu.

8.
Gently evil

Eu sentia-me como um pequeno animal que descobre o mundo à sua volta. A casa parecia maior vista do exterior, não havia assim tantos quartos, a não ser que, como numa história gótica, conservassem uma ala fechada onde eu não podia entrar. Os quartos eram grandes, e alguns não eram usados, como a sala de baile no andar de baixo, que confinava com a biblioteca. Foi lá que Emily me falou da minha festa de aniversário. Ela mostrava-se muito animada, cortinas lavadas e cera, e muitas flores e bebidas e bolos que faríamos nos dias anteriores.

Perguntei-lhe com frieza quem seriam os convidados. Aparentemente, os nossos amigos que viviam em casas dos arredores, alguns da aldeia; e claro que podia convidar alguns dos meus amigos de Londres, embora fosse longe e ela tivesse a impressão de que não conservara muitos.

— Não os visito quando vou a Londres?

Ela respondeu sem hesitar.

— Suponho que sim. Mas normalmente fala do filme ou da peça que viu, dos livros que comprou, dos passeios.

Então era assim que Karen passava os seus dias em Londres. Um filme, uma *matinée*. Talvez um concerto ao ar livre, no verão. E os alfarrabistas e as galerias. Talvez nos tivéssemos cruzado na rua, sem nos vermos, e os nossos vultos iguais se reflectissem numa montra. Talvez ela tivesse entrado na galeria com o anjo em baixo-relevo ao lado da porta onde expunha os meus quadros. Talvez tivesse passado na minha rua e olhado para a janela com os gerânios vermelhos e um gato a dormir no peitoril. E depois o comboio que a deixava na cidade mais próxima e o último autocarro que saía de lá às onze. Imaginei-a a descer do autocarro na estrada deserta, a abrir o portão e aproximar-se da casa e ver a luz acesa. Talvez ele fosse ao seu encontro, talvez o Sam corresse para ela, e Emily esperasse na cozinha, com cacau acabado de fazer e um prato de biscoitos.

Numa manhã de sábado, Alan e eu fomos à aldeia. Não era longe, a sensação de isolamento devia-se à paisagem rochosa, ao nevoeiro. Em breve começámos a ver casas, com o mesmo ar austero da nossa, e pouco depois avistávamos a costa. Pensei que no verão devia haver campos de lavanda em flor à entrada da aldeia; era inesperadamente colorida, *bungalows*, lojas, uma estalagem, uma igreja de pedra cinzenta que parecia muito mais antiga do que tudo o resto.

Não tínhamos trocado palavra durante o percurso. Alan estava perdido nos seus pensamentos, a testa um pouco franzida, um cigarro no canto dos lábios. Eu olhava ansiosamente à minha volta.

Ele parou o automóvel perto da igreja.

— Vou à biblioteca e fazer algumas compras.

— Eu vou dar um passeio.

Ele apontou com o queixo para uma pastelaria.

— Encontramo-nos ali, como de costume.

— Até logo.

Era um pouco irreal, quando voltávamos as costas aos *bungalows* e às lojas. O muro à beira-mar, aquele muro desolado que se prolongava num cais, em baixo a praia deserta, o mar cinzento-escuro, calmo mas ameaçador. Não podia imaginar que alguém viesse para ali passar férias, que houvesse uma feira junto ao cais, com malabaristas e palhaços e barracas de bebidas e doces; mas afinal estávamos quase em Novembro... e a aldeia fechava-se em si mesma, excluindo os estranhos.

E aos poucos rendi-me àquela beleza áspera, desejei ter ali um caderno de esboços e algum material.

Mais tarde embrenhei-me nas ruas estreitas onde já não havia jardins, só paredes cinzentas defensivas do vento e do mar. Entrei numa que devia ser a última, a que não conduzia a lugar algum, e um sopro de gelo percorreu-me o corpo. Vi--me a mim mesma a correr naquela rua, e a impressão foi tão forte que olhei por cima do ombro. Mas não se via ninguém.

Ainda era cedo mas voltei para o centro da aldeia, entrei na pastelaria e sentei-me num canto. A empregada sorriu-me e perguntou se queria o habitual. Fiquei um pouco desconcertada e disse que sim, e depois desejei que ela não me trouxesse chá, naquelas séries inglesas que eu e Karen víamos como se fossem comfort food as personagens, mesmo os polícias, estavam sempre a tomar chá.

A empregada voltou com um copo de sumo de toranja, *scones* e doce de amora; o sumo amargo soube-me bem, os *scones* eram quase tão bons como os de Emily.

Nos últimos dias, víamos episódios de séries policiais na tevê, Emily, Alan e eu. Parecia ser um dos rituais de inverno, talvez porque a biblioteca, onde estava o televisor, era o quarto mais agradável da casa. As duas janelas desciam quase até ao chão e junto à lareira havia um sofá e algumas cadeiras estofadas; as chamas despertavam reflexos nas rosas de outono, sempre frescas, na consola, e delineavam na parede o contorno dos ramos de uma outra jarra. Alan e eu sentávamo-nos no sofá, afastados um do outro, o Sam deitado sobre os pés dele, Emily instalava-se numa cadeira estofada, com o cesto de costura ao lado. Víamos todas as séries que passavam, *Morse*, *Lewis*, *Gently*, e depois subíamos para os nossos quartos; eu por vezes achava isso enternecedor, por vezes achava que havia um certo elemento de loucura, aquela casa isolada e os seus três habitantes e o cão, aquela calma aparente. A voz de Carol ao chegar de manhã quebrava um encantamento, ela vinha do mundo lá fora, o mundo lá fora continuava a existir.

O mundo lá fora continuava a existir. Ainda era cedo para o lanche e havia poucas pessoas na pastelaria, algumas cumprimentavam-me ao entrar, toda a gente conhecia Karen, mas ela devia ser muito reservada, ninguém se aproximou da mesa.

Alan chegou com um jornal na mão, pediu um café e sentou-se à minha frente. Devia ter deixado as compras no carro.

— Estava tudo como te lembravas?

Tentei encontrar algum sinal de ironia mas o seu rosto estava impenetrável como de costume.

— Mais solitário...

Ele olhou-me por cima do jornal. Depois dobrou-o com um gesto de impaciência.

— Este é um lugar solitário no inverno.

— Porque não alugamos um apartamento em Londres?

— Não penso vender a casa.

— Emily podia ficar aqui.

— Talvez.

— Não. Não iríamos deixá-la sozinha.

— Não creio que ela se importasse. É demasiado... inteira, para se sentir sozinha.

— Viríamos cá de vez em quando.

— Não há dinheiro para termos duas casas.

— Mas se vou receber dinheiro daqui a umas semanas...

Ele fitava-me com intensidade. Nos olhos azuis passou uma sombra de aversão.

— Eu sugeri isso várias vezes.

— E eu não queria...

— Nunca percebi o que querias de facto.

Peguei noutro *scone* mas perdera o apetite. Queria conhecê-lo melhor, conhecer os seus planos. Mas estava a falar como se fosse Karen, a interferir na vida deles.

— Há uma rua... no fundo da povoação. As casas parecem desabitadas.
— Mas não estão. Sei a que te referes.
— É como se a tivesse visto antes.
Ele encolheu os ombros.
— É natural. Sempre gostaste de passear sozinha.
— É como se a tivesse visto em sonhos.
— Há imagens no fundo de nós, são talvez sombras de outras, mais antigas, que vêm de trás.
— Imagens fantasmáticas.
— E se encontramos lugares que se assemelham a elas, é claro que isso nos perturba.
— Como um reflexo no fundo de um poço.
— Como o nosso reflexo no fundo de um poço, sim.
Roçou a mão na minha face.
— Vamos para casa. Estás cansada.
— Está bem.
Quando saímos, ele passou-me o braço pelos ombros. Encostei a cabeça ao seu braço e senti que me beijava levemente os cabelos.

9.
Noites frias

Eu sabia que eles iam resistir quando pedisse para ver a cascata. Estávamos a jantar, uma sopa de tomate feita por Emily, um bom vinho, pão caseiro e fruta. O Sam dormia debaixo da mesa. A janela entreaberta deixava entrar o frio e os cheiros. A noite estava clara, o céu pesado de estrelas, e o ambiente na cozinha era acolhedor, tínhamo-nos tornado uma pequena família.

Alan pousou o copo de vinho sem o levar aos lábios.

— Ainda é muito cedo.

— Já ando perfeitamente.

— Não é verdade. Ressentes-te de qualquer esforço.

— Queria desenhar um pouco.

Ele soltou uma risada.

— Desenhar?

Aparentemente, cometera um deslize. Mas tinha de continuar.

— Porque não?

— Minha querida, tu és quase perfeita mas tens duas mãos esquerdas e dois pés esquerdos.

Reprimi um sorriso. Na verdade, era também uma boa dançarina.

— Não temos material – disse Emily.

— Um caderno de esboços e alguns lápis devem ser fáceis de encontrar na aldeia.

Ele encolheu os ombros.

— Tenho blocos e lápis no estúdio. Mas podes desenhar no jardim, nas rochas, na aldeia.

— Quero ver a cascata. Deve estar diferente, depois das últimas chuvas.

Emily disse suavemente, sem se dirigir a ninguém em particular:

— A Karen gosta de observar a cascata o ano inteiro. No verão, quando há pouca água, no outono com as folhas vermelhas a caírem na lagoa, no inverno com a neve.

Como eu, quando era criança, via o passar das estações no riacho do fundo da casa. Havia momentos assim, em que sentia uma enorme ternura por aquela rapariga que não conhecia.

Alan bebeu o resto do vinho que tinha no copo.

— Não foi fácil trazer-te para casa naquela noite. Houve partes do caminho em que tive de trazer-te nos braços.

— Não me lembro – disse bruscamente.

Ele levantou-se e pegou numa tangerina.

— Vamos, Sam. Uma corrida antes que fique demasiado frio.

Desapareceram pela porta que dava para o jardim. Emily levantou-se e eu descasquei uma tangerina. A cozinha cheirava a tangerinas.

Naquela noite, Emily foi levar-me uma chávena de cacau, como de costume. Sentou-se na cadeira junto à janela. Tinha o cabelo preso atrás com um gancho, o que acentuava a perfeição óssea do rosto, mas também a palidez.

Eu tomei um pouco de cacau e pousei a chávena na mesa-de-cabeceira. Puxei a roupa para o pescoço.

— Acho que vou acampar na biblioteca.

Ela sorriu.

— A Karen nunca se habituou a este frio.

— Há neve no Natal?

— Sim, muitas vezes. Mas Janeiro e Fevereiro são os meses mais frios.

Eu não estarei aqui em Janeiro e Fevereiro, pensei. Não verei as primeiras flores a despontarem no meio da neve. Nem o cais

coberto pelas ondas. Não sei quanto tempo ficarei aqui, nem sequer sei porque fiquei tanto tempo, é como se estivesse hipnotizada, ou talvez simplesmente não consiga resistir a um enigma.
— Porque quer ir à cascata?
Talvez porque lá podia descobrir alguma coisa, tinha a sensação de que a cascata era o centro de tudo, embora não soubesse como.
Eludi a pergunta.
— Eu gosto muito dela, não é verdade?
— Sim, desde a primeira vez que lá foi. Um dia ou dois depois de chegar aqui.
— Eu creio que me lembro... Uma impressão dela, feita de água e cores de outono e o meu rosto molhado.
Como num dos meus quadros, queria acrescentar. Uma impressão dentro de mim que depois voltava para o exterior.
Era importante que eles não tivessem a menor indicação de quem eu era de facto. No dia em que apanhasse o autocarro ou pedisse boleia na estrada, e depois me metesse num comboio para Londres, ninguém deveria seguir-me... A necessidade de proteger a rapariga do sótão, com o seu gato e as suas pinturas, e os seus discos de Keith Jarrett.
Karen gostava muito das canções de Mark Eitzel. Tinha todos os seus álbuns. Eu ouvia-os, e lia os romances de Richmal Crompton, como vestia as suas roupas ou usava o seu colar.
Surpreendi Emily a olhar-me fixamente, a cabeça inclinada para um lado. O seu rosto recuperou logo a expressão neutra do costume.
— A Karen parecia fascinada com a cascata.
— E estava.
— E nos últimos meses aquela ideia louca de atravessá-la.
— Surgiu de repente?
— Acho que pensava nisso há muito tempo. Talvez desde o primeiro dia.

E aos poucos tornara-se uma obsessão, pensei. Talvez sonhasse com isso.

— Fazia-o muitas vezes?

— Quando a cortina de água não era muito espessa.

— O que há do outro lado da cascata?

Ela encolheu os ombros.

— Uma plataforma nas rochas, fetos, musgo...

E as árvores à volta, as folhas amarelas e vermelhas a envolverem-se com a água. O lago em baixo, cheio de folhas, as pedras verdes, os ramos secos cobertos de lodo. E o som da água a afastar tudo, a tornar tudo demasiado próximo.

— Deve ser impressionante estar entre as rochas e a água.

— A Karen dizia que era um lugar mágico.

— Mágico.

— Um lugar para metamorfoses... e citava um verso.

— As minhas asas já não brilham de noite? É um verso de Arseni Tarkovski.

— Não, não era esse. Não para a cascata.

— Emily, se eu voltar lá, talvez me lembre de tudo.

Ela suspirou.

— A Karen sempre foi teimosa.

— Não resisti... quando vim viver para aqui? Quero dizer, deixei os meus estudos, os meus amigos, os meus planos... devia ter alguns planos. Não resisti a deixar tudo isso?

— Não. Tê-lo-ia seguido para qualquer lado. Nunca vi uma mulher tão apaixonada.

Uma dor estranha no meu peito.

— E Alan?

— Não é fácil saber o que ele sente. Acho que estava... encantado.

— Encantado...

— Está a ver, acho que ele nunca se importou com nada, além dos seus livros e os seus cães.

— E raparigas?
— Houve muitas... mas de passagem. Encontros com estranhos. A nossa espécie de amor. Intimidades com estranhos.
— Conhece-o há muito tempo?
— Vim para cá quando a mãe dele ainda era viva. Fazia-lhe companhia, ajudava na casa...
— Ele vinha cá frequentemente?
— Vinha sempre nas férias. Acho que passávamos o tempo todo à sua espera. Era... uma festa.
— E depois da morte da mãe?
— Herdou algum dinheiro, deixou Oxford e começou a viajar. Durante meses não tive notícias. Depois alguns postais... de lugares de que nunca tinha ouvido falar. E escreveu o seu livro.

O seu livro. Não o encontrara na biblioteca nem no estúdio. Aparentemente, não havia nenhum exemplar na casa.

Emily levantou-se.

— São horas de dormir, Karen. Se quer ir à cascata amanhã, é melhor levantar-se cedo. As manhãs são mais claras. Não gostaria de ser apanhada pelo nevoeiro ou pela chuva.

— Encontraria o caminho de volta – disse num tom de desafio.

— Talvez. Ou talvez a deixássemos ficar lá.

Tinha os olhos fixos na janela. O seu rosto parecia mais magro, mais duro.

10.
A cascata

No dia seguinte, o pequeno-almoço decorreu em silêncio. Alan levantou-se a certa altura e foi tomar o café junto à janela. Não estava a chover mas as nuvens baixas, escuras, davam a impressão de não ter amanhecido.
Ele voltou-se e perguntou-me bruscamente:
— Estás pronta?
Eu vestira uns jeans que me assentavam perfeitamente, uma camisola azul de lã grossa e uns ténis. Puxara o cabelo para trás e talvez o meu aspecto fosse mais melancólico do que de costume porque quando ele olhou para mim pareceu sobressaltar-se.
— Só vou buscar um casaco.
— É melhor levares a gabardina. Não gosto daquelas nuvens.
Ele limitou-se a vestir um pullover preto sobre a camisa, jeans e as velhas botas que usava para as caminhadas.
Foram apenas alguns minutos de automóvel até à entrada do bosque. Fazia escuro ali, e a voz de Alan soava um pouco irritada, mesmo quando se dirigia ao Sam.
As árvores tornavam a vereda ainda mais escura. Caminhávamos sobre as folhas que tinham caído nas últimas semanas. Passámos uma ponte de madeira e debrucei-me para ver a água límpida de um ribeiro a correr entre as pedras. Ele caminhava depressa, o rosto fechado, e agarrei-lhe o braço.
— Podemos ir mais devagar?
Ele fitou-me, como se tivesse esquecido a minha presença.
— Desculpa.

— Sabes... o livro mais importante da minha infância tinha uma cascata.

Ele sorriu.

— Eu sei. Já me disseste muitas vezes.

— Disse?

— E um vale sem saída. Um vale onde não havia ninguém.

Por um momento, aceitei aquilo com naturalidade, depois um arrepio percorreu-me. Os livros da infância de Karen seriam os meus? Mas não era assim tão estranho, muitas crianças da Grã-Bretanha tinham crescido com aqueles livros... E o que era isso comparado com o facto de termos o mesmo rosto e, como verificava todas as manhãs ao vestir-me, o mesmo corpo?

A vereda agora descia, e tornava-se mais íngreme em cada curva, havia degraus talhados na rocha, e um vago corrimão de madeira que surgia de vez em quando. O bosque estava mergulhado em si mesmo, senti que éramos uns intrusos ao atravessá-lo.

— Isto é tão bonito.

Ele comentou ironicamente:

— Esqueceste-te do caderno de esboços.

— Sim...

Mas as palavras dele como que despertaram uma memória, foi repentina e violenta, eu descera a vereda naquele dia, a rapariga de Londres descera aquela vereda, com o seu velho casaco castanho e os seus ténis sujos, e a mochila, ela tivera consciência dos sons, a água, os pássaros, o roçar das folhas, o murmúrio indeciso das árvores, nos últimos tempos os sons também integravam as suas pinturas. Tivera consciência das inúmeras presenças à sua volta e isso assustara-a um pouco.

— Meu Deus!

— O que é?

— Nada.

Era como se por instantes tivéssemos coincidido, e era um sentimento penoso, até doía fisicamente. Desejei ser uma só, e o homem ao meu lado tornava a escolha fácil. Ele ajudava-me a descer os degraus, a sua mão segurava o meu braço com firmeza. Para que eu não caísse.

— É a natureza que me comove – disse baixinho.
— A mim também.
— A fragilidade dos animais e das plantas que só pedem para existir. Uma existência um pouco ansiosa...
— Tem algo de triste.

Engoli em seco.

— Sim...

"É isso que tento passar para os meus quadros", pensei.

— É isso que tento passar para os meus livros – disse ele.

Parei junto a uma árvore. Pousei a mão espalmada no seu tronco, até a sentir.

— Estás cansada?
— Não, não muito.

Ele ficou comigo por momentos, depois continuou a andar. Segui-o a uma pequena distância.

Tinha algo de hipnótico, aquele murmúrio que vinha das entranhas do bosque, não era o murmúrio das árvores mas de algo que elas escondiam. Contornámos um rochedo e chegámos a uma plataforma coberta de musgo, reparei que algumas florzinhas brancas surgiam entre as ervas, como se a presença da água as fizesse nascer à força, era um pensamento estranho, o meu rosto e o meu cabelo estavam molhados da espuma que saltava das rochas.

Era um espectáculo impressionante, mais água do que eu me lembrava, tinha chovido nas últimas semanas. A água caía de muito alto, e precipitava-se quase perpendicularmente nas rochas, formando um pequeno lago abaixo de nós que se transformava num ribeiro e desaparecia numa abertura subterrânea.

Durante o verão devia ser pouco mais do que um riacho mas agora era um curso de água impetuoso.

A plataforma prolongava-se até perto da cascata, onde já não era mais do que uma vereda estreita. A água cintilava ao sol que surgira entre as nuvens e um pequeno arco-íris formou-se perto de nós.

Tentei falar, mas o som da água quase submergia as nossas vozes. Ele trouxe-me para junto das árvores, onde o Sam esperava prudentemente, mas mesmo aí tínhamos de falar alto.

— Queres dizer que eu atravessava aquilo...

Ele riu.

— Esqueceste-te da palavra.

— Que palavra?

— Linn. É como lhe chamamos aqui.

— Linn.

— Quando era rapaz, procurava-as. Algumas ficam em vales profundos ou no interior de florestas e são difíceis de encontrar. Temos de seguir os cursos de água durante dias inteiros.

— E eu atravessava-a... – repeti.

— Só quando havia pouca água, graças a Deus.

— Tinhas razão. É uma loucura.

— Bem, se a queda te fez compreender isso, quase que valeu a pena.

Karen era mais corajosa do que eu. Ou talvez os seus impulsos autodestrutivos fossem mais fortes.

— Mas compreendo... – murmurei.

— Algumas raparigas ficam fascinadas com a água. Lagos, poços.

— Como nas histórias. Sempre gostei de histórias em que uma rapariga desaparece num lago.

— Acontece sobretudo quando há campainhas azuis.

— No mês de Maio.

— Abril, Maio.

— Desaparecem durante anos e um dia voltam.
— Com o mesmo aspecto que tinham. Sem envelhecerem nem um dia.
— E sem cicatrizes.
— Tu trouxeste uma cicatriz.

Afastou uma madeixa molhada que me caía para a testa. Rocei a mão na dele.

E então Alan fez algo que eu não esperava, mas desejava há muito tempo. Puxou-me para si e beijou-me na boca. Apertei-me contra ele, as nossas roupas molhadas, os nossos rostos molhados. Foi ele que se afastou primeiro.

— É melhor voltarmos. Acho que vai mesmo chover.

Fizemos o caminho devagar, de mãos dadas, eu sentia-me cansada e o tornozelo voltara a doer. A chuva começou a cair quando atravessávamos a ponte e foi um alívio ver o automóvel parado ali perto.

Emily esperava-nos na porta da frente, com um ar preocupado. Fez-me tirar a gabardina e a camisola no vestíbulo.

— Vai tomar um duche quente e eu levo-lhe o almoço ao quarto.

Quis protestar, e vi Alan a piscar-me o olho por trás de Emily. Estava tão cansada que o duche quente me soube bem; vesti o meu roupão e sentei-me na cadeira junto à janela e comi a sopa e o peixe que Emily preparara. Depois passei pelo sono e tive a impressão de acordar com o som da cascata muito próximo. Mas era só a chuva que caía do outro lado da janela.

II.
Os anjos

Eu sentira que a galeria não ficava realmente em Londres, que a encontraria se vivesse em Paris, ou numa pequena cidade italiana. Um dia estava à espera dele, tinha passado a mão indecisa no anjo que saía da parede, na placa de madeira onde ele mesmo talhara as palavras. *Antiques old and new*. As palavras eram misteriosas, tudo ali era misterioso. Começou a chover, uma chuva fina que em poucos minutos se tornou uma chuva forte. Vi-o chegar, ele puxara a gabardina para cima da cabeça, sem despir os braços, um homem velho com calças e botas velhas, parecia não vestir mais nada debaixo da gabardina. Um homem pobre, um vagabundo, alguém que dormia num banco de jardim ou num portal e que ouvia vozes, como Joana d'Arc. Mas agora via o seu rosto que se tornara tão familiar e tão querido, parecia-se um pouco com Giacometti, e as suas mãos, talvez as mãos de Giacometti também fossem assim, longas e indecifráveis.

   Ele sorriu-me.

— Há uns tempos que não apareces.

— Tenho andado por aí...

— Faz parte do trabalho.

   Pensei que ele nem sabia onde eu morava, nunca mo perguntara. E, mais estranho ainda, eu também não sabia onde ele morava. Talvez num quarto alugado perto dali. Talvez numa boa casa, com uma biblioteca e uma lareira nos quartos.

— Trouxe o almoço.

— É uma ocasião especial?

— Não.
Ele abriu a porta e acendeu algumas luzes, quase não entrava claridade da rua. Mostrou-me um pequeno ícone de madeira que comprara dias antes, tinha falhas mas era algo de precioso, temos de encontrar um lugar para ele, disse.

Encontrámos, perto da montra, onde o candeeiro aceso da rua fazia passar uma luz esbranquiçada que despertava um brilho amarelo, como poalha de ouro, nos mantos dos anjos.

Sentámo-nos e servi a comida, gostava de cozinhar para ele, tinha a impressão de que se alimentava mal, de que se esquecia de comer. Bebemos vinho e eu não lhe disse que era o meu aniversário, que quisera festejar com ele.

Passámos a tarde juntos.

A galeria estava aberta e quando entrava alguém ele ia ao seu encontro, o resto do tempo ficávamos simplesmente ali, a nossa mesa de trabalho, ele modelava uma pequena figura numa pasta terracota, olhava para o meu rosto, para o meu peito, mas nunca me pedia para ficar imóvel, eu desenhava o que via à minha volta, o quadro que representava uma rua deserta que existe nos sonhos e ninguém espera realmente encontrar, o ícone que acabara de chegar ali e já pertencia, a rua lá fora e as sombras negras dos transeuntes. Ele pegava num lápis e alterava uma linha num dos meus desenhos, acentuava outra, e era assim que devia ser.

Foi ele que me falou dos quatro anjos que abriram o pergaminho dos céus no princípio do mundo. Eles voltavam a encontrar-se, dois, três, um dia encontrar-se-iam os quatro, e esse encontro salvaria o mundo.

Ele dizia com toda a naturalidade que me conhecia desde o princípio do mundo, dizia coisas que me faziam sentir medo, eu lera num livro de Iris Murdoch que quando chegamos demasiado perto os deuses não nos deixam passar.

Voltava para casa à noite e o meu sótão parecia um lugar sagrado, eu limitava-me a passar de um lugar sagrado para outro, quase não me dava conta de ter percorrido alguma distância, de ter percorrido ruas ou pontes, surpreendia-me ver o cabelo molhado, o rosto molhado.

Nós partilhávamos uma estranha religião, e, pensando nisso, ele parecia-se com um padre de uma religião estranha e bela. O seu rosto, a sua forma de vestir-se e de falar.

Uma pancada na porta trouxe-me de volta ao quarto, à casa. Emily vinha ver se eu estava bem, se ainda tinha dores no tornozelo. Foi o que disse com a sua voz mais neutra, mas os seus olhos procuravam qualquer coisa no meu rosto.

— Em que estava a pensar?

Então agora tinham medo dos meus pensamentos.

— Numa galeria em Londres, onde passei uma ou duas vezes.

— Entrou.

O meu corpo crispou-se, na defensiva.

— Não... só a vi de fora. Havia anjos na parede...

Ela olhava pela janela.

— A Karen sempre gostou de explorar galerias.

— Sim.

— Acho que encontrava quadros que não vinham nos catálogos.

— Que mais ninguém via?

— Talvez.

— O meu pai levava-me às galerias quando era muito pequena.

Ela franziu a testa.

— Não creio.

— Porquê?

— Não é essa a ideia que tenho dele.

Eu sorri, desafiante. Era algo de que me lembrava claramente. O meu pai a levar-me pela mão de uma sala para outra, a mostrar-me os quadros, a pegar-me ao colo para os ver melhor. O tigre e os nenúfares e duas meninas vestidas de branco e amarelo que perseguiam borboletas num jardim. E depois comprava-me dois ou três postais na loja, uma esferográfica, um caderno com a reprodução de um quadro na capa. Ninguém me poderia tirar isso. Ou poderia?

Olhei para Emily com uma súbita aversão. A minha voz soou fria, desagradável.

— Pode dar-me o caderno de esboços e os lápis?

Ela olhou em volta.

— Onde estão?

Hesitei um pouco. Mas nada a impedia de abrir as minhas gavetas quando quisesse.

E nas minhas gavetas só havia coisas de Karen. Contive uma risada.

— Na gaveta de cima da cómoda.

Ela abriu a gaveta. Estendeu-mos com um gesto cansado.

Deixei-a sair, antes de abrir o bloco. Era um dos que Alan usava para tomar apontamentos. Escolhi um lápis, *Graphite Aquarelle, 8B*. Queria desenhar a cascata. Pensava tê-lo feito no dia em que chegara, mas os meus desenhos tinham-se perdido. A minha mochila devia ter caído na água do lago e sido arrastada para longe. Ou, e a ideia assustava-me, talvez Alan a tivesse encontrado e escondido nalgum canto da casa.

Tracei algumas linhas indecisas num canto da folha, o movimento da água, uma árvore por trás. Escureci um pouco o tronco da árvore, molhei o dedo com saliva e passei-o no papel.

Olhei para a minha mão esguia, bem hidratada, as unhas mais compridas do que o habitual, o verniz rosa-pálido, como se nunca a tivesse visto antes.

Arranquei a folha do bloco e fiz uma bola com ela. Recomecei a medo, mas nada aconteceu. Sentia-me fria, e estonteada, quando deixei cair o braço ao longo do corpo e o lápis deslizou para o chão.

Não sabia desenhar.

12.
O lugar errado

Não deixei o quarto o resto do dia. Embora sentisse que nada ali me podia reconfortar. O medo não vinha da chuva, da casa onde só entrara umas semanas antes, nem sequer da vereda íngreme para a cascata ou da rua abandonada junto ao mar onde me via a fugir de alguém num pesadelo. Embora essas coisas estivessem entranhadas em mim, este medo era ainda mais fundo. Sentia medo da minha mão bem cuidada, do verniz que começava a descascar e que Emily certamente irá repor no dia seguinte. Medo do meu cabelo que o champô de boa marca tinha transformado, dando-lhe um brilho novo, medo do roupão azul que vestia e tinha um monograma na algibeira do peito.

Pensei na entrada da minha casa em Londres, os degraus que levavam à porta, os arbustos que cresciam ao lado, não me lembrava de os ter visto em flor. O vestíbulo e as escadas eram vagos, como se estivessem sempre às escuras. A porta do estúdio, um vaso com uma planta. A janela entreaberta que dava para os telhados. A janela onde tinha os vasos com gerânios, que trazia para a cozinha quando o tempo estava mau. O meu gato a dormir na cadeira de vime de que mais gostava. O fim da tarde a ouvir música, a ler poemas, gosto de ficção em geral, de romances de cordel, gosto de poucos poetas, mas desses gosto apaixonadamente. E depois o momento em que parava em frente do cavalete, ou me inclinava sobre a mesa, e uma coisa que sentira profundamente, que pensara profundamente, começava a tornar-se visível. As minhas mãos e os meus braços sujos. O cheiro a tinta de óleo que não desaparecia ainda que deixasse as janelas abertas. Havia angústia naquele processo mas também, quando conseguia afastar-me do caminho, algo que se assemelhava a um estado de graça, como a bênção numa igreja. Eu era religiosa no que dizia respeito às minhas pinturas. Compreendia porque Fra Angelico precisava de rezar antes de começar o seu trabalho, eu também rezava, à minha maneira, às vezes até da maneira convencional.

Deitei-me cedo, com um livro, e fiquei à espera da habitual pancada na porta. Pelas onze horas, quando eles se fossem deitar.

Já não pensava nos quadros, mas nos beijos dele. No regresso ao automóvel, debaixo da chuva. O Sam a abanar a cauda e a sacudir-se e a molhar tudo à sua volta. Ele comentara, como se não tivesse importância:

— Sabes que beijas muito melhor?
— Eu não sabia beijar?
— Não.
— E não me ensinaste?
— Sempre gostei dos teus beijos desajeitados.

Quando bateram à porta, endireitei-me na cama. Foi ele que entrou e isso não me surpreendeu.

Estendeu-me a chávena de cacau e começou a mordiscar um biscoito.

— Não são para mim?
— Emily não me deixa comer mais de dois ou três. E manda-me embora se me apanha na despensa.
— Nunca fez isso comigo.
— Não.
— Porquê?
— Sempre te tratámos como uma princesa.

O pequeno-almoço na cama, o vaso de rosas de outono. Só havia rosas no meu quarto e na biblioteca. As da biblioteca eram mais pesadas, com um perfume mais pesado, não tinham a leveza das pequeninas, talvez de uma trepadeira, que estavam na minha cómoda. Ele sentou-se na cama e deu-me um biscoito, como se fizesse um favor.

— Deviam adorar-te...
— Quem?
— Não sei. A cozinheira, as empregadas da casa, quando eras menino.
— Sim, nessa altura ainda havia empregados.
— Emily não o é.
— Não. De forma alguma.

Mas ela também o adorava. Um sentimento um pouco maternal, talvez, embora não devessem ter nem dez anos de diferença.

— O que fazia ela antes de vir para aqui?
— Era casada com o dono de uma estalagem à beira-mar. Casou muito jovem.
— A sério?
— Tinhas esquecido?
— Creio... que sim.
— Quando o marido morreu tinham dívidas e ela vendeu a estalagem e ficou com pouco dinheiro. Foi então que a minha mãe a convidou para trabalhar aqui.
— Conheciam-se?
— A minha mãe tinha passado alguns verões na estalagem.

Tudo tão familiar, tão romance do princípio do século XX. Deviam tomar chá as duas todas as tardes, e ler novelas românticas.

— Ela devia ser bem bonita.
— Ainda é.
— Sim.

Estendi-lhe a chávena de cacau que ele pôs no prato onde já não havia biscoitos. Pousou-os na cómoda e quando voltou sentou-se mais perto de mim.

— Não é justo.
— O quê?
— Não dormir no meu quarto.

Esbocei um sorriso.

— O outro não é agradável?
— Estás a brincar? Aquela ala da casa é gelada.
— Ainda mais do que esta?
— Não imaginas.
— Queres voltar para o calor da tua cama.
— Quero.
— E o que fazes comigo?
— O que tu quiseres.

Roçou com os dedos a cicatriz na minha testa.

— Deves ser a única mulher a quem uma cicatriz torna ainda mais bonita.
— Achas?

Inclinou-se para beijar-me.

— Não teremos tanto frio se estivermos juntos.
— Não. Suponho que não.
— Sinto a falta do teu corpo. Terrivelmente.
— Emily disse... que não sabia se tu me amavas.
— Ela disse isso?
— Disse que era impossível saber o que sentias de facto.
— É estranho. Eu sempre achei que ela lia em mim como num livro aberto.

Levantou-se.

— Até logo.

Dei por mim a dizer a mais simples das orações, por favor, faz com que ele volte, por favor, faz com que ele volte.

Ele voltou daí a quase uma hora.

Quando acordei na manhã seguinte, já não estava na cama. Mas em breve ouvi os sons habituais, ele a assobiar, o Sam a latir, Emily a dizer qualquer coisa de uma janela.
Levantei-me e fui à janela. Naquele dia ele pareceu sentir a minha presença. Voltou-se para trás e acenou-me.
Retribuí com um pequeno gesto. Estava um dia bonito, azul e sol.
E eu estava apaixonada pela primeira vez. Nunca vira alguém tão apaixonado na minha vida.

13.
A familiaridade das coisas

Algo de estranho acontecera e não era só amor, e desejo, mas uma nova familiaridade com as coisas. As minhas mãos pareciam saber instintivamente onde as pequenas coisas se encontravam, a minha roupa interior nas gavetas, os livros nas prateleiras, as plantas escondidas no jardim. Acho que até conhecia o lugar onde estavam os bolbos que começariam a deitar rebentos no fim do inverno, no princípio da primavera.

Quando acordava de manhã e ele ainda estava na cama, acariciava devagar o seu cabelo. Ele voltava-se e fitávamo-nos com gravidade, o nosso amor era grave, quase soturno. A nossa mesa de trabalho, as nossas pinturas nas paredes. Perguntava a mim mesma como ficariam as minhas pinturas ali, uma muito leve, luminosa, algo a ver com água e nenúfares na parede do quarto, umas mais escuras na biblioteca, por cima da lareira, junto à janela, a neve suja, a corrente de um ribeiro nas traseiras da casa onde eu crescera.

Tinha um novo prazer em explorar o guarda-roupa e escolher peças bonitas, em experimentar pentes de prata para afastar o cabelo do rosto, até usava dois brincos minúsculos que ficavam bem com o colar. Tocava na estrela de madrepérola com segurança, o colar era belíssimo e era meu, ele tinha-mo dado.

Por vezes olhava para a rapariga da fotografia com sentimentos ambivalentes, ela era mais bonita do que eu, porque estava ela tão triste, o que sabia que eu ignorava? E se ela voltasse?

Era uma ideia perturbadora, vê-la abrir o portão, atravessar o jardim, com o seu casaco escuro e o cabelo preso na nuca, talvez o Sam corresse ao seu encontro para lhe dar as boas-vindas. Mas tinha a sensação de que aquilo não poderia acontecer enquanto eu estivesse ali. Era uma realidade nova, com novas leis, e estava a aprendê-las aos poucos, enquanto eu estivesse ali ela não poderia voltar.

Eles agora deixavam-me conduzir; a ideia de que estava prisioneira era completamente absurda. Gostava de ir à aldeia fazer compras, as pessoas reconheciam-me, mas nunca falavam muito, eu era uma mulher que pedia o silêncio, dissera ele, eu não compreendia mas acreditava nele.

Algumas vezes sentava-me no muro à beira-mar, na companhia das gaivotas. Nunca vi pessoas na praia, o mar parecia gelado e fundo, mesmo junto à costa. A hipótese de nadar ali fazia-me estremecer.

A minha pele estava levemente bronzeada, embora o Sol não brilhasse durante muito tempo, os meus lábios estavam mais rosados, mesmo quando não usava gloss.

Evitava a rua solitária no fim da aldeia, porque me fazia recordar. Alan e eu caminhávamos ao longo da rua, qualquer coisa que ele dissera, qualquer coisa que eu compreendera, e se fugira de alguém, fora dele. Não havia mais ninguém. *Imagining... no, remembering...* estava a tornar-se difícil separar o que imaginava do que recordava.

Entrava na pastelaria para tomar um café e para estar no meio de pessoas. Folheava um jornal, mas as notícias não me interessavam em absoluto. Depois fazia as compras, e havia um momento em que sentia a falta dele e só me apetecia voltar para casa. Queria vê-lo chegar do seu passeio com o Sam, ouvir a sua voz, deixar que ele me tocasse. Como gostava das nossas noites naquele quarto tão frio.

Uma manhã voltei tão cedo que ele ainda estava no jardim a consertar uma vedação. Parei o automóvel perto da casa e ele aproximou-se com o Sam nos tornozelos.

— Renunciaste ao teu passeio?
— Qual passeio?
Ele sorriu.
— Ao longo da praia. Nas ruazinhas do porto.
De novo aquela perturbação. O que me dissera ele naquela rua, o que compreendera eu naquela rua, e porque tivera medo. Não eu, Karen. Havia momentos em que quase nos confundíamos uma com a outra.
— A última rua...
— Sim.
— Tem algo de assustador.
— Sim.
Imagining... no, remembering.
Sentei-me nas raízes de uma velha árvore. Alguns estorninhos levantaram voo e foram pousar nos ramos mais altos. Olhei para cima, para as folhas que se moviam lentamente.
— Houve alguma vez um baloiço aqui?
Ele franziu o sobrolho.
— Sim, quando eu era pequeno. Como sabes?
— Deves ter-mo dito.
— É possível.
Reclinei-me para trás. Sim, o movimento de um baloiço.
— A nossa mesa de trabalho.
— Como?
— Acho que também havia um baloiço na minha casa quando era pequena.
— Ou no colégio.
— O colégio?
— O colégio interno.
As folhas da árvore murmuravam. Sempre tentei sentir a música das coisas. A luz dos candeeiros numa rua de noite, as flores a despontarem num parque, o sol a entrar pelo vitral de uma igreja. As minhas recordações de infância não eram muito

claras, os meus pais e a nossa casa, o jardim das traseiras onde passava um ribeiro. Recordações doces, os livros que o meu pai me trazia de Londres, aonde ia todos os dias trabalhar, os pãezinhos quentes quando chegava da escola a meio da tarde. Uma escola dos arredores, a dez minutos de casa, só quando estava a chover apanhava o autocarro para regressar. Os gatos, lembrava-me dos gatos, as ninhadas e o gatinho que era meu, era sempre o mesmo, um tigre pequenino que crescia e vivia alguns anos, e que voltava, que voltava sempre.

— Eu nunca andei num colégio interno.

Alan olhou-me com impaciência e acendeu um cigarro. Não costumava fumar de manhã.

— Que história é essa? Falaste tantas vezes do colégio, de como o detestaste no primeiro ano.

Endireitei-me bruscamente.

— Sim... isso foi mais tarde. Disse-te que o detestava?

— A princípio. Depois arranjaste amigas, tornaste-te uma boa aluna, não eras muito boa nos jogos.

Senti vontade de rir. Só conhecia os colégios internos dos livros que lia em criança. Os meus pais nunca aceitariam a ideia de me mandar para longe deles.

— Não me digas que também passava as férias no colégio.

— Creio que aconteceu algumas vezes. Quando os teus pais estavam a viajar.

Acho que os meus pais nunca saíram da Inglaterra. Nas férias alugavam um *bungalow* perto do mar ou nas montanhas.

— Nunca te falei do riacho que passava no quintal das traseiras da minha casa?

— Creio que não.

— Era lá que apareciam as primeiras campainhas brancas, os primeiros narcisos amarelos. E no outono ficava cheio de folhas... E no inverno a água corria entre a neve. E eu via as estações passarem...

— Era lá que brincavas...
— Sim.
O nevoeiro chegava, começava a envolver-nos.
— E tu brincavas aqui – murmurei.
— Sim.
— Perdeste-te alguma vez?
— No jardim?
— Sim.
— Quando era muito pequeno. Tiveram de vir procurar-me com uma lanterna.
A ideia divertiu-nos aos dois.
— Vamos entrar?
— Emily vai ficar furiosa comigo.
— Porquê?
— Não fiz todas as compras.
— Tens uma boa desculpa?
— Não queria estar longe de ti.
Ele não retribuiu o sorriso. Passou-me o braço pelos ombros e entrámos em casa.

14.
A pedra

Eu gostava das manhãs dedicadas aos trabalhos caseiros. As janelas abertas, com sol ou chuva. Emily a cantarolar baixinho, o cheiro a cera e a flores. Gostava de vê-lo a fazer o almoço, no meio de tachos e ervas aromáticas, com as mãos sujas de farinha ou a cheirar a salsa.
— Começo a acreditar que foste cozinheiro.
O rosto dele contraiu-se.
— Tinha os braços queimados, sabes?
Engoli em seco.
— Sim...
— E à noite trabalhava numa tradução que tinha de entregar em pouco tempo.
— Traduções?
— Precisava de ganhar dinheiro. E conheço bem algumas línguas do Norte da Europa.
— Era uma vida dura.
— Caminhar durante horas sem ver ninguém? Sentir a primeira neve a cair à minha volta? Eu até que gostava.
— Porque não há um exemplar do teu livro aqui?
— Procuraste?
— Sim.
— Quando tens medo de não voltar a escrever... podes ter uma relação estranha com os teus livros.
O medo de que não volte a acontecer. Suponho que fica connosco até ao fim.

Abracei-o pelas costas.
— Talvez me tenha apaixonado por ti antes de te conhecer.
— Por causa do livro...
— Sim.
— Não havia uma foto sugestiva na contracapa.
— Porque não?
Ele encolheu os ombros.
— Não pensei nisso...
Karen podia apaixonar-se por um escritor. Por causa de um livro. Eu sabia isso a seu respeito. Sabia muitas coisas a seu respeito de que ninguém me tinha falado. Não era possível ter o mesmo rosto e o mesmo corpo e não partilhar um pouco a alma.

Eu também cozinhava, não tinha a habilidade deles mas deixava-me levar pelo instinto.

Nos momentos mais simples, ao fazer uma cama, ao colher flores que despontavam entre os arbustos ou junto aos muros, a perturbação chegava, a ideia de que era uma intrusa, de que estava a copiar gestos de outra pessoa. Mas não fora eu que a afastara, não a empurrara para a cascata.

Era um pensamento mágico, eu atravessara a cascata e alguma coisa acontecera, uma coisa violenta e misteriosa, talvez fosse por isso que caíra e tinha aquela marca na testa. O sinal dos que tinham passado pela metamorfose. Era um mundo antigo e, à medida que me habituava às suas formas, tinha uma nova compreensão, chegaria a ela através das minhas pinturas, mas de algum modo isto facilitara o processo.

Eu não voltara à cascata, talvez tivesse medo, as presenças invisíveis no bosque, os degraus íngremes que me faziam tropeçar, a plataforma onde cresciam flores indefesas, a cortina de água e aquele desejo obscuro de ver o que se escondia atrás dela.

Gostava de sentar-me à noite na biblioteca, e ver as nossas séries policiais. Estava fascinada por Martin Shaw, Inspector George Gently, o seu rosto, a sua voz; os episódios eram filmados em Northumberland, não reconhecia as paisagens, mas a solidão das charnecas e da costa, lugares onde se podia caminhar durante horas sem encontrar ninguém.

Por volta da meia-noite, o Sam, não muito satisfeito, seguia Emily para o quarto dela, e Alan e eu íamos para o nosso. Beijávamo-nos gravemente. Era um amor grave, o nosso, quase soturno...

Uma noite, ele tinha posto um CD a tocar na biblioteca, estendeu-me o braço e levou-me para o meio da sala, e aquela sensação horrível voltou, como no dia em que não conseguira desenhar, eu lembrava-me de ser uma boa dançarina, mas mal sabia dançar, não tinha nada a ver com o tornozelo, estava rígida nos braços dele. Eu sabia dançar se isso queria dizer deixar-me conduzir por um homem, como uma jovem de sociedade, mas era tudo.

Uma rapariga com duas mãos esquerdas e dois pés esquerdos.

Fechei os olhos e encostei a face ao peito dele, *I don't need to see you, I just need to feel you, when we make love, feel you in the dark.*

Devia haver algum exemplar do livro dele na biblioteca da aldeia. Um dia voltei lá por esse motivo. A placa com o nome dele ao lado da porta dava uma sensação de estranheza, embora me tivesse dito que fora o seu avô a fundar a biblioteca. Era um edifício pequeno, pintado de amarelo, alguém cuidava dele, mesmo depois de a família não poder pagar a sua manutenção.

A rapariga sentada à secretária era muito jovem, uma bonita rapariga ruiva, sorriu-me profissionalmente, e não pestanejou quando lhe pedi o livro de Alan. No entanto, reconhecia-me, todos eles me conheciam embora se limitassem a cumprimentar-me com discrição. Às vezes tinha pesadelos, todos eles sabiam quem eu era de facto, todos faziam parte da conspiração.

Sentei-me numa mesa perto da janela. Gostava da capa do livro, tinha algo de *pulp*, a rapariga com uma gabardina amarela junto à montra de uma loja de antiguidades, o homem de fato castanho e chapéu. Ou então de fotograma de um filme, um filme policial dos anos cinquenta, pensei, um filme com Audrey Hepburn e Gregory Peck ou George Peppard.

Eram oito histórias. Comecei a ler a primeira, com uma espécie de veneração. Tinha a leveza e a simplicidade dos textos muito profundos. Impressões de coisas que tinham passado por ele e voltavam transformadas, irreconhecíveis. E o encanto dos contos de fadas ou de Hans Christian Andersen, a indecisão perturbadora de alguns contos de James.

Quando me levantei sentia-me um pouco estonteada. Fui entregar o livro à funcionária, que me fitou com seriedade.

— Pode levá-lo consigo.

— Eu sei.

— É só fazer um cartão. São só uns minutos.

Abanei a cabeça.

— Fica para outro dia.

Voltei na manhã seguinte. No terceiro dia, ela já se levantou e foi buscar o livro sem que eu dissesse nada. Um conto por dia. E aquela sensação de não reconhecer nada quando me levantava da mesa, a sensação de estar perdida quando saía para a rua.

Dava um passeio ao longo do mar. Era frequente olhar por cima do ombro e o nevoeiro ter envolvido tudo, e a aldeia desenhar-se fantasmagórica atrás de uma cortina branca.

Entrava na pastelaria e tomava um café. Depois fazia algumas compras e voltava para o automóvel.

Que viagem tão estranha...

Aconteceu no dia em que li o último conto. Estava a chover quando cheguei da aldeia e queria sair novamente para ir procurá-lo; abri o armário da entrada e procurei uma gabardina velha, talvez grande de mais, mas seca. E no fundo do armário, no meio de gabardinas e casacos que ninguém usava, vi um que me era familiar. Castanho, velho, querido.

Tirei-o do armário e vesti-o. Era uma sensação boa, reconfortante e magoava por dentro. Os meus olhos encheram-se de lágrimas. Meti a mão no bolso esquerdo e senti a pequena pedra. Eu sempre tive esse hábito, de coleccionar pequenas pedras, de as deixar nas gavetas, nos bolsos. Esta era cor de laranja e muito bela. Não me lembrava de que espécie de pedra era.

15.
O vestido vermelho

Parecia que o aniversário era um acontecimento importante. Emily disse-me que o celebravam todos os anos. Mas este era especial, vinte e cinco anos. O ano em que me tornava uma herdeira.

Karen comprara um vestido em Londres, e Emily guardara-o no seu quarto. Era vermelho e muito belo e mais apropriado para mim do que para a rapariga da foto.

Eu só tivera dois vestidos de noite, eram pretos e curtos, o género que não parece nada de especial quando o tiramos da caixa, mas que nos faz brilhar, não o brilho do tecido mas o da pele nua. Este era um vestido diferente, sem mangas, sem alças, o corpete justo e a saia ampla, algo saído de um filme de Walt Disney. O vestido da princesa. O vestido da princesa na terceira noite. Tal como seria de esperar, assentava-me perfeitamente.

Emily ajudou-me a vesti-lo, os colchetes invisíveis que o mantinham no lugar, depois puxou o cabelo aos lados levemente para trás e, com uma habilidade que eu não tinha, ajustou os pentes de prata. Os brincos de rubi e mais nada, disse com firmeza.

— Eu desejava que este dia chegasse?
— O baile?
— O meu aniversário.
— Creio que sim.
— Para ser rica?

Emily falou cautelosamente.

— Vai dar-lhe uma liberdade que não teve até agora.
Karen dependera de Alan nos últimos anos. Com o dinheiro que ia receber, poderia voltar para Londres, comprar um apartamento, recomeçar.
Ter-se-ia arrependido de deixar os estudos, eu nem sabia de facto o que ela estudava, poesia inglesa, talvez.
Eu nunca vi alguém tão apaixonado, dissera Emily.
Mas, depois de três anos em Northumberland, ainda estaria apaixonada? Quando ia a Londres, sempre no mesmo dia da semana, o que faria além de ver um filme, uma peça de teatro, comprar alguma coisa, passear... Pensaria na hipótese de voltar a estudar, de ter uma carreira? Talvez quase inconscientemente procurasse a rua onde gostaria de morar, talvez entrasse num café para ver como era, se lhe agradaria tomar o pequeno-almoço ali...
Quais eram os seus projectos para depois de fazer vinte e cinco anos? E será que lhes falava deles? Talvez a observassem dissimuladamente, tentando adivinhar o que pensava fazer, talvez a olhassem com suspeita...
Afastei o pensamento.
— Alan já me viu com o vestido?
— Não.
Corri pelas escadas abaixo. Ele estava na cozinha a abrir uma garrafa de vinho, havia algo a cozer numa panela que cheirava bem.
— Gostas? – perguntei.
Ele sorriu.
— Não sei. Deixa-me ver-te de mais perto.
— Não. Vou ficar a cheirar a comida.
Mas ele pousou a garrafa de vinho e tomou-me nos braços.
— Vais amachucar o vestido.
— Não me interessa.
Os beijos dele. Nunca vi alguém tão apaixonado. Ele também o devia estar. Mesmo que não estivesse apaixonado por

Karen, estava-o agora por mim. Ele deitou vinho em dois copos e brindámos não sei a quê, depois teve de pôr-me fora da cozinha para continuar a fazer o almoço, um guisado de peixe ou algo de parecido.

Quase sem querer, comecei a ficar entusiasmada com a proximidade do dia. Haveria rosas, dissera Emily. As suas flores. Eu tinha a ideia de que as minhas flores eram flores do campo, mas apaixonara-me pelas rosas vermelhas e pesadas do jardim, era a segunda floração do ano, dissera Emily.

Com Karen aprendera a amar as rosas, as canções de Mark Eitzel, os livros de Dorothy Whipple. E pequenas coisas de que Emily me falava, as campainhas azuis no bosque, a lavanda à entrada da aldeia, os campos cheios de papoilas, o jardim coberto de neve. Não ele. Ter-me-ia apaixonado por ele em qualquer parte, se o tivesse encontrado num pub em Londres, num castelo de Northumberland, se nos tivéssemos sentado ao lado um do outro num teatro do West End ou no muro cinzento do cais. Talvez me apaixonasse por ele se tivesse lido o livro.

Agora falávamos do livro, o final de um conto que eu não queria compreender, a influência de Henry James e de Hans Christian Andersen, cantos debaixo de escadas que lembravam "A menina dos fósforos", paisagens que lembravam "A rainha da neve", os sapatos vermelhos de Karen e a sua dança de morte.

Estávamos a limpar a sala de baile. Era mais pequena do que o nome indicava, tinha uma porta para o jardim e do outro lado confinava com a biblioteca, que estava sempre um pouco coberta de pó.

Foi uma manhã, a rapariga de cabelo vermelho e eu estávamos a limpar os livros da biblioteca, quando ela disse algo. Ela falava pouco, talvez fosse a atmosfera da sala, a chuva lá fora e o pó, e nós duas ajoelhadas no chão, os nossos gestos parecidos, os meus quase carícias e os dela indiferentes, que criou pela primeira vez uma intimidade que nenhuma de nós procurara.

— Fico contente por estar tudo bem entre si e o senhor Alan.

Por instantes, não soube o que dizer. A recordação confusa de correr na rua deserta. Mas não podia ser isso, aquela cena fantasmática não tivera testemunhas.

Claro que ela tinha reparado que dormíamos em quartos diferentes.

— Bem, não era nada de grave.

— Mas lembro-me da discussão que tiveram...

— Discussão?

— No dia em que caiu na cascata.

Algo dentro de mim se recusava a continuar a conversa. Mas disse baixinho:

— Sim...

— Aqui, na biblioteca. Eu estava a encerar as escadas e não podia deixar de ouvir.

— Falávamos muito alto.

— Gritavam, quase. Fiquei cheia de medo.

Não soube o que responder. Nos olhos dela havia um gozo difícil de explicar. Continuou:

— E depois saiu e daí a uns minutos ele seguiu-a.

— Ele seguiu-me?

— Sim, vi-o sair pelo portão e subir a estrada, só podia ir para a cascata.

Mordi o lábio inferior, no meu gesto habitual, mas quase fiz sangue. Ele seguira-me até à cascata. Tivéramos uma discussão violenta e ele seguira-me...

Recuperei a presença de espírito.

— Acabas isto sozinha, está bem, Carol?

Ela fitava-me com os seus grandes olhos esverdeados, que não tinham nada de inocente. Na verdade pareceu-me mais velha, pensava que não tinha mais de dezoito ou dezanove anos, mas devia ter a minha idade.

— Disse alguma coisa de mal? – na sua voz não havia o menor traço de arrependimento.

— Não, claro que não.

Levantei-me. Ela continuou ajoelhada junto à estante. Depois de alguns segundos, pegou num livro coberto de pó.

Fui lavar a cara e as mãos. Vesti a gabardina e saí.

O medo que estivera sempre ali era palpável, enquanto caminhava à chuva, e depois no nevoeiro. Sabia agora como era perder-se no jardim. Um jogo da cabra-cega em que não era preciso contar e não era precisa uma venda. E quando me voltei já não conseguia ver a casa.

16.
O baile

Estava um dia bonito, sol e nevoeiro, alternadamente. Eu acordara cedo com os beijos dele, feliz aniversário, princesa.

Não é o meu aniversário, pensei absurdamente, há dois meses que tenho vinte e cinco anos, fiz anos dois dias antes de vir para aqui, e escolhi um vestido preto de alças, e sandálias de salto alto, e deixei o cabelo solto. E usava o meu colar de prata com uma estrela. E saí com amigos, e ofereceram-me flores, e bebemos muito. Acordei num quarto desconhecido, voltei para casa a pé com um casaco emprestado sobre os ombros e um ramo de flores amachucadas na mão.

Os pequenos rituais: no Natal convidava alguns amigos e ficávamos a beber e a pintar até de madrugada. No princípio da primavera, havia uma jarra de narcisos amarelos, sempre frescos, na mesa do canto, debaixo de um quadro azul. Em Julho, duas semanas na praia, um bikini minúsculo, um novo namorado.

Os rituais de trabalho: quando fizera alguns estudos de uma coisa, uma paisagem distante, uma casa em ruínas, um curso de água, hera num muro, deixava-os e lia poesia ou Henry James, e ouvia música, e uma noite acontecia, nunca era deliberado, não o momento, punha uma tela no cavalete ou sobre a mesa, e Keith Jarrett a tocar, e acontecia. Um outro estado de consciência. Sim, era algo de religioso, uma religião antiga feita da ligação com as coisas, de metamorfoses, e sinais, e desenhos tribais no rosto.

Nessas noites, eu não estava ali, não existia tempo, penso que depois lavava as mãos e vestia uma camisola e metia-me na cama, às vezes já era de madrugada. E no dia seguinte olhava para o trabalho que as minhas mãos tinham feito e era surpreendente e familiar. Sim, eu reconhecia o meu trabalho quando era bom. Acho que é a forma de sabermos quando o nosso trabalho é bom, quando o reconhecemos.

Eu precisava de agarrar-me a essas memórias, revivê-las muitas vezes, porque sentia um desejo profundo de esquecer, seria fácil transformar-me em Karen, ficar com ele e ouvir Mark Eitzel, *streets with too many footprints raindrops and heartbeats, though Noah wouldn't want me, you won't let me drown, I don't need to see you, I just need to feel you...*

Tomei um longo banho e sequei o cabelo, vesti uns jeans e uma camisola. Não me apetecia ajudar nos preparativos e ninguém mo pediu. Carol chegara cedo e havia muitas flores, não fazia a menor ideia de onde tinham vindo. Passei a manhã no jardim, depois fui à cozinha comer qualquer coisa, não tínhamos feito almoço, e fechei-me no quarto a ler. Mas comecei a vestir-me muito mais cedo do que era necessário. O vestido vermelho que Emily engomara na noite anterior, não me lembrava de alguma vez ter tido um vestido vermelho. E a rapariga no espelho sorria encantada, enquanto tentava com mãos pouco hábeis prender o cabelo aos lados com dois pentes de prata.

Saí do quarto depois de um último olhar ao espelho. A princesa na terceira noite. O corredor era muito comprido, como nos primeiros dias quando abria a porta depois de eles saírem e ficava a segui-los com o olhar. Desci as escadas, com a vaga sensação de que havia um retrato na parede, uma mulher parecida comigo e com um vestido igual ao meu.

Há duas histórias: a luta do anjo bom e do anjo caído à beira do precipício e a rapariga que se apaixona por um homem na sombra de outra mulher.

Ele esperava-me no fundo da escada, nunca o vira de fato, ainda menos um fato de cerimónia, mas parecia ter nascido para os usar. Segurou-me na mão e disse estás muito bonita, mas como se pensasse noutra coisa.

A sala estava belíssima, os móveis brilhantes, as flores dispostas com gosto, a música que ele escolhera. As pessoas começaram a chegar, conhecia algumas de vista, o que me tranquilizou um pouco. Não eram muitas, menos de vinte, e tinham um ar amigável e natural.

Eu sentia-me uma intrusa, no meio daquelas pessoas que estavam mais em casa do que eu. Nas mesas havia bebidas e bolos e elas serviam-se e conversavam, alguns casais começaram a dançar no centro da sala. Um grupo de raparigas juntara-se à volta de Alan, o que me deixou um gosto amargo na boca. Recusei alguns convites para dançar e fui para um canto, encostei-me a uma janela com um copo na mão. Daí a minutos ele estava ao meu lado.

— Porquê a distância? – perguntou-me bruscamente.
— Deixa-me em paz.
— Que se passa?
— Sentiste a minha falta?
— Não me digas que tens ciúmes.
— Não.
— Não interessa. É a tua festa de aniversário.

E tudo tinha de ser perfeito, ninguém podia descobrir a verdade, mas nem eu mesma sabia qual era a verdade. Um baile de máscaras, e procurei o meu reflexo na janela, com medo de não me reconhecer no meio dos outros.

E então estávamos a dançar, e de novo aquela sensação de que não sabia dançar, deixava-me ficar leve para que ele me conduzisse; ele murmurou qualquer coisa ao meu ouvido.

— O quê?
— És a mais bonita de todas.

— Não te imaginava assim.
— Como?
— Como uma personagem de uma história de cordel.
— Porque não?
Puxou-me mais para si. Sentia a sua mão nas minhas costas nuas, os nossos ventres encostados.
— Diz-me que me queres.
— Quero-te.
— Mesmo que eu não herde nada?
— Sabes que casei contigo pelo teu dinheiro.
— Mas agora queres-me.
Puxou-me ainda mais para si e fechei os olhos. As histórias de cordel, tal como os contos de fadas, confinam com os pesadelos.
Ele deixou-me com um sorriso trocista.
— Temos de dar mais atenção aos convidados.
Mais tarde, vi-o sair pela porta que dava para o jardim. Havia nevoeiro agora, e os poucos convidados que tinham estado a dançar e a beber no jardim tinham entrado.
Teria ido encontrar-se com alguém? Uma das raparigas... Talvez tivesse uma amante, talvez fosse por isso que Karen discutira com ele.
Ele estava com uma mulher. Levei um momento a reconhecê--la, embora a tivesse visto de relance na festa. A actriz bonita tirara o disfarce, Emily com um vestido azul, que não escondia as curvas suaves mas firmes do seu corpo. Cortara o cabelo no dia anterior, o comprimento era quase o mesmo, mas estava um pouco escadeado aos lados, o que a fazia parecer muito mais jovem. Usava maquilhagem, discreta, mas hábil.
O nevoeiro ficou mais cerrado e avancei pelo jardim. Encostei--me a uma árvore.
Apesar da distância, podia ouvi-los perfeitamente.
— Vou estar longe, Emily. Meses só com o Sam. Dias e dias sem ver ninguém. E vou voltar a escrever...

— Sim.
— E não vai ser preciso deixar de escrever para trabalhar em qualquer coisa que detesto. Os dias e as noites serão meus. E vai voltar a acontecer.
— Eu sei disso, meu querido. Sempre soube.
— Sabes que não quero ser um grande escritor.
— Só precisas de escrever.
— Não me interessa que os meus livros sejam esquecidos, que acabem em alfarrabistas ou em bibliotecas de aldeias. Nunca se tratou disso.
— Eu sei, meu querido.
— É a coisa em si. Um estado de graça.
— Um outro estado de consciência.
— Estar próximo... Como um santo ou um animal.
Parecia-me já ter ouvido aquilo antes. Mas ele nunca me falaria daquelas coisas. Nem a mim nem a Karen.
Encostei-me mais à árvore, como se quisesse fundir-me com ela. Como se quisesse desaparecer.
— E tu vais esperar por mim – disse Alan.
A voz de Emily era tão apaixonada como a dele.
— Vou tomar conta da tua casa. Como sempre fiz.
— E esperar-me.
Ela repetiu:
— Como sempre fiz.
— E eu volto.
— Eu sei.
— Eu volto sempre para onde tu estás.
Não se beijaram. Não era esse tipo de amor. Mas continuaram a fazer planos. Como se eu não existisse. Como se eu já não existisse.

17.
Os fiordes

Deitámo-nos muito tarde naquela noite; depois de os últimos convidados irem embora ainda ficámos na biblioteca, como se precisássemos de tê-la só para nós.

Eu encolhi-me no sofá com um copo na mão, as madeixas de cabelo a caírem-me para o rosto. Uma impressão de torvelinho, uma rapariga de vestido vermelho a dançar com estranhos, a dançar com um homem que era pouco mais que um estranho. A rapariga no jardim e o homem e a mulher no nevoeiro.

Não, eles não se beijaram, não era aquela espécie de amor. Mas tinham continuado, e as imagens eram cada vez mais nítidas, o homem a caminhar quilómetros sem ver ninguém, parando junto a uma nascente para beber água com as mãos em concha, sentado numa pedra a comer qualquer coisa, o olhar perdido nos fiordes. A mulher à espera numa casa solitária, com uma felicidade tranquila, talvez a rapariga ruiva continuasse a vir dois ou três dias por semana, mas na realidade ela não precisava de ninguém. Ela era demasiado inteira, dissera Alan um dia. Ela tinha o jardim, a biblioteca aquecida, e uma vez por semana ia à biblioteca da aldeia trocar os romances ligeiros de que gostava, e à noite via as suas séries policiais. De novo em paz, porque não havia uma intrusa na casa. Como nos tempos em que era jovem e bonita e esperava que ele voltasse da universidade, uma festa... a sua ideia de uma festa. E por vezes teria à espera no correio um postal de uma terra de que nunca ouvira falar, e pô-lo-ia na cómoda, para o ver à noite.

O seu quarto estava sempre fechado à chave, eu apercebera-me disso. Inteira... como eu nunca seria, ali ou em Londres. Karen descobrira-o, tivera mais tempo do que eu, era o que ela sabia e eu não, que seria sempre uma intrusa naquela casa, e eles se veriam livres dela logo que a sua presença ali não fosse necessária.

Quando passaram perto de mim, debaixo de um candeeiro, tive consciência de que ele parecia mais velho e ela muito mais jovem, eram ambos altos e magros e não sentiam o frio, enquanto eu me rodeava com os braços num gesto de protecção.

Ele adormeceu quase de seguida, mas eu não tinha sono. Lavara o rosto com ferocidade e metera os dedos no cabelo para o despentear completamente. Sentira vontade de amachucar o vestido vermelho, mas acabara por metê-lo na caixa quase com veneração.

O cheiro das flores no andar de baixo entrava pelas frinchas da porta e deixava-me um pouco enjoada. Finalmente adormeci.

Acordei tarde, ninguém me tinha chamado para o pequeno-almoço. Tomei um duche e vesti uns jeans e uma camisola branca. Deixei o cabelo solto. Inclinei-me no patamar e ouvi Emily e Carol na sala de baile, deviam estar a limpar os despojos da noite anterior. Perguntei a mim mesma se Emily usaria de novo o disfarce de governanta de meia-idade. Não ouvia Alan nem Sam, deviam ter ido dar um passeio.

Dirigi-me para o estúdio dele. Estava um pouco empoeirado, um pouco em desordem. Sentei-me à secretária e tentei de novo abrir a gaveta. Não estava fechada à chave. Alguns blocos, algumas folhas soltas. Peguei nas duas páginas que pareciam arrancadas de um bloco, cobertas com a sua letra irregular, ainda mais irregular que de costume, como se tivessem sido escritas à luz de uma vela.

Tenho saudades de seguir pela noite sueca fora com o corpo estourado embalado pelo movimento do último autocarro do dia, vazio, em que só eu e o motorista seguíamos, e olhar pela janela e ver a luz da lua cheia reflectida no cinzento do mar – e como tenho pena de quem nunca verá a luz da Lua sobre os rochedos unidos por pontes nas águas suecas –; tenho saudades de tentar manter-me acordado no autocarro, ainda de manhã mas com o sono de seis horas na cama depois de treze no trabalho e quatro de viagem, e ver um casal de cisnes com duas crias entre si, nadando devagar na água, perto da ilha; tenho saudades de ver os limos agarrados ao cabo de aço do ferry que me levava à ilha dos ricos, e de ouvir o som da água a embater nos iates brancos e o vento sempre forte a fazer estalar as bandeiras nas hastes; tenho saudades de trabalhar aos fins-de-semana e feriados e ver pela janela os outros a andar ao sol, e de chover sempre que tinha folga, tenho saudades de chegar de madrugada à estação central e de só a revisora e eu sairmos do comboio, e de percorrer as ruas onde só os bêbados vomitavam e sentir o vento empurrar-me – e como tenho pena de quem nunca verá Gotemburgo à noite, quando já só há bêbados na rua –; tenho saudades de andar no eléctrico azul cheio de sono e de usar uma caneta vermelha para rever uma tradução que tinha de entregar enquanto massacrava o corpo na cozinha abafada na ilha; tenho saudades de ser o único estrangeiro na mesa quando fechávamos e todo o pessoal se reunia e me perguntavam porque é que usava alho na comida; tenho saudades de um cão a arrastar pela trela o dono no deserto das manhãs de Gotemburgo e de o dono me agradecer por lhe fazer festas; tenho saudades de caminhar dezoito quilómetros nos fiordes noruegueses para ir às compras, sem ver ninguém durante horas, e o primeiro contacto visual ser com um rebanho de ovelhas – e como tenho pena de quem nunca caminhará pelos fiordes com as compras às costas –; tenho saudades de enfiar os pés no lodo e de sentir a neve estalar debaixo das botas; tenho saudades de não poder parar para não arrefecer ao vento, e de subir quinhentos metros quase a pique; tenho saudades de passar por rochedos enormes e ver montanhas com neve e quedas-d'água por trás do verde que me tapa do sol mortiço; tenho saudades da luz azul do céu e de me abaixar na floresta para beber água que corre continuamente pelo monte abaixo, mesmo junto a dejectos de raposa.

Deixei o bloco e as páginas soltas em cima da secretária, não fechei a gaveta.

Tinha vinte e cinco anos e era uma herdeira. Não fazia a menor ideia de quanto herdara, mas devia ser algo de considerável. Nos próximos dias iria receber a visita de um notário, de um advogado... E talvez uns dias depois ele sugerisse um passeio até à cascata. A minha obsessão pela cascata, por atravessar a cascata, seria muito útil.

Uma coisa se tornara clara na conversa entre ele e Emily na noite anterior, nas páginas que acabava de ler. Ele não me incluía nos seus planos. Mesmo como Karen, eu era uma intrusa.

Saí do estúdio, debrucei-me na balaustrada e chamei Carol. Ela veio ao meu encontro com um ar contrariado.

— A que horas passa o próximo autocarro?
— Para a aldeia? – perguntou.

Apertei os punhos com impaciência.

— Não. Em sentido contrário.

Ela olhou para baixo, como se esperasse ver Emily ou Alan.
— Não sei bem.

Estava a tentar ganhar tempo. Mas não surgiu ninguém em seu auxílio.

— Então?
— Tenho um horário...
— A que horas, Carol?
— Sai da aldeia daqui a dez minutos.

Sem lhe agradecer, entrei no meu quarto e peguei na bolsa. Verifiquei que tinha algum dinheiro. O colar de madrepérola estava em cima da cómoda. Pela primeira vez, esquecera-me de o colocar depois do banho.

Não havia ninguém por perto quando desci a escada. Abri o armário da entrada e vasculhei entre os casacos e gabardinas até tocar no tecido familiar. Vesti o casaco castanho e fechei-o até ao pescoço. Meti a mão na algibeira e senti a pequena pedra cor de laranja.

Tinha de apressar-me. Daí a poucos minutos o autocarro passaria na estrada.

18.
A viagem

Estava sozinha numa carruagem com estofos vermelhos. Lá fora, a beleza fantasmagórica dos campos ingleses. O mar ficava para trás, o que me fazia sentir mais leve. Não voltaria a procurar quedas-d'água no interior dos bosques.

Lembrava-me da rapariga de vestido vermelho a dançar com o homem que amava, a pedir para ser amada, e não a reconhecia; o amor transformara-se em aversão. Ainda que te vejas livre de mim, eu serei aquela que amaste, e não me esquecerás nas tuas noites sozinho nos fiordes, nas noites que acabam às duas da manhã, quando caminhares durante horas sem ver ninguém... E virás procurar-me não só por causa do dinheiro mas porque me amas, nunca vi um homem tão apaixonado... Só que Londres é muito grande e não sabes nada a meu respeito, não me importo de viver entre o sótão e a galeria, de evitar as ruas e as praças, nunca encontrarás o meu rasto.

O comboio parou numa pequena estação no meio dos campos e resolvi descer, estava frio e não se via ninguém, pedi um café no bar e voltei para junto da carruagem, o copo a aquecer-me as mãos. Pensei, eu podia ter descido aqui naquele dia, talvez tivesse desenhado um lago tranquilo e as últimas flores de Setembro, e voltado para Londres sem cicatrizes. Embora esta cicatriz faça parte de mim, não quero que desapareça, era algo que faltava escrever no meu rosto, nunca gostei de tatuagens, mas era como se esta linha faltasse, talvez tudo tivesse acontecido para que o meu rosto ficasse acabado...

O comboio começou a mover-se e saltei para o degrau. A carruagem pareceu-me quente depois do frio lá fora, enrosquei-me junto à janela e bebi o resto do café.

Não tinha nada para ler, mas quase sabia de cor as frases do bloco, os braços queimados e as dores nas costas, e ele a caminhar dezoito quilómetros para ir ao supermercado, os cursos de água e as pedras, os animais. Os fiordes, as aves que só conhecia dos livros.

Mas não voltarás lá, pensei vingativa. A não ser que vendas a casa, ou trabalhes num armazém ou como cozinheiro, a cortar os dedos e a queimar os braços...

Fechei os olhos por momentos. Se me tivesses sugerido, iríamos os dois, nós dois e o Sam, porque é que nunca me incluíste nos teus planos, que maldita vontade de estar sozinho...

Era o meio da tarde mas já começava a escurecer. Acendi a luz do compartimento e puxei a gola do casaco para cima, queria dormir um pouco... mas o sono não vinha, nenhum de nós dormirá esta noite, pensei. Nenhum de nós dormirá durante muito tempo. Eu não me importo. Posso trabalhar a noite inteira, deitar-me só para descansar o corpo, levantar-me e ir tomar café e entrar numa galeria. Mas tu vais passar as noites acordado a desejar que amanheça para ires passear com o Sam, e fazeres alguma coisa de útil.

Mas há coisas que são minhas e nunca me poderás tirar, nem tu nem Emily. O meu pai a caminhar de mãos dadas comigo numa galeria de Londres, a pôr-me nos ombros para eu ver melhor um quadro, o jardim das traseiras da nossa casa onde passava um riacho, os *scones* que a minha mãe tirava do forno quando eu chegava da escola, as minhas aulas de pintura, as mãos e os braços sujos e o cheiro da tinta, os meses em que trabalhei como modelo e tinha terríveis dores nas costas, nunca conhecerás a galeria, o ícone com restos de poalha de ouro, o quadro que representava uma rua que só existe nos pesadelos mas que eu encontrei, e aquele homem que me amava, se um de nós tivesse nascido mais cedo ou mais tarde seríamos amantes, eu amei os meus pais e os meus gatos e os meus quadros e aquele homem; e se um dia passarmos um pelo outro na National Gallery, se pararmos diante do mesmo quadro, fingirei não reconhecer-te, se um dia nos sentarmos ao lado um do outro num teatro do West End, porque essas coisas acontecem, será como se nunca te tivesse visto antes, e se me seguires até casa, não poderás fazer nada além de esperar debaixo do candeeiro do outro lado da rua e olhar para a janela, para os gerânios vermelhos e um gato adormecido; e continuarás na casa com Emily, a ver séries policiais à noite, e passearás com o Sam de manhã cedo, e não voltarás a escrever, mas eu não me importo, há aquele livro de contos, e não precisas realmente de escrever depois daqueles contos, aquelas oito histórias perfeitas, eu nunca o comprarei ainda que o veja por uma libra numa feira de rua, é lá que vai estar dentro de pouco tempo, é lá que vai acabar, não seria o mesmo lê-lo noutro local, vou lembrar-me sempre daquelas manhãs numa aldeia costeira de Northumberland, na biblioteca que o teu avô fundou e tem o teu nome ao lado da porta, onde uma rapariga ruiva e bonita envelhecerá sozinha, não, não voltarei a ler o livro; e uma coisa as pessoas sabem a meu respeito, eu estive em lugares onde mais ninguém esteve, eu estive em lugares onde mais ninguém esteve, ainda que vão lá não vêem aquilo que eu vi, não são capazes de transformar as suas impressões em algo que não existia e que reconhecem depois; e encontrarei uma estrela de prata, mesmo que tenha de ir todos os sábados e domingos de manhã ao mercado de Portobello Road e procurar entre os livros antigos e raros e os quadros de artistas desconhecidos e as pedras semipreciosas de todas as cores e as jóias que pertencem a outras histórias, e as fotos a preto-e-branco de actores de cinema, Lizabeth Scott e Humphrey Bogart debaixo da chuva, Marcello Mastroianni e

Maria Schell encostados ao muro de uma ponte, Robert Ryan e Ida Lupino no meio da neve, Jennifer Jones e Joseph Cotten junto a um farol batido pelas ondas, Laurence Olivier e Joan Fontaine numa cabana com miniaturas de barcos e flores secas; e sei que vou sentir a tua falta, até sentirei a falta de Emily e do copo de cacau e os biscoitos antes de adormecer, e da rapariga de cabelo vermelho que parecia muito mais jovem do que era, e das rosas pesadas que sobreviviam ao outono, e do perfume de rosas selvagens, e das camisas de dormir com bordado suíço à frente, e do vestido de baile vermelho, o vestido da princesa na terceira noite, que só usei uma vez, e só trago comigo uma cicatriz na testa e algumas peças de roupa, são as únicas coisas que trago da tua casa, onde passarás a eternidade com Emily e Sam a ver séries policiais, *Morse*, *Lewis*, *Gently*, *Endeavour* e as que vierem a seguir, séries que são como comfort food (não *Gently*...), no calor da biblioteca, até se levantarem e irem para os vossos quartos, numa casa onde não há mais ninguém, e só a rapariga da aldeia vos mantém ligados ao mundo exterior; e sim, eu estarei em Londres a fazer o meu trabalho, e sei que nunca amarei mais ninguém, mas, Deus, podes estar certo de que terei muitos encontros com estranhos ou, na versão não censurada, terei muitas intimidades com estranhos.

    As luzes eram agora inúmeras, estava a chegar aos subúrbios de Londres, e apertei os punhos com força dentro das algibeiras do casaco, e sim, eu sei o que é viajar num comboio vazio durante a noite, meu amor.

19.
You'll never see me again

Lembro-me de um romance de William Irish, e de alguns contos, em que o rapaz perde a rapariga e não consegue encontrá-la, é como se nunca tivesse existido, ninguém se lembra dela, ninguém os viu juntos, talvez não passasse de um fantasma. Era um dos autores preferidos de Alan, ele gostava de policiais que se aproximavam do abstracto, como se os tivesse comprado numa feira sem reparar que faltava o último capítulo.

Um rapaz desconhecido abriu a porta, quando desisti de tocar à campainha da porteira. Devia ser um novo inquilino. Não retribuí o seu sorriso e segui-o com os olhos até desaparecer no fundo da rua.

A lâmpada do vestíbulo estava queimada, e vinha só uma luz mortiça das escadas. Subi-as devagar, com o cansaço dos últimos meses, o tornozelo doía-me de novo. Ao chegar ao cimo, hesitei entre virar à esquerda ou à direita. Esquerda, claro. Inclinei-me para tirar a chave do vaso com a planta e pareceu-me ver luz por debaixo da porta. Bati com os nós dos dedos.

Uma rapariga da minha idade, com o cabelo vermelho e os olhos esverdeados, fitou-me sem surpresa.

Tens de estar na defensiva, tens de fingir…

— Procuro uma amiga.

— Uma amiga?

— A pintora que vive aqui.

Um encolher de ombros.

— Esta é a minha casa.

Ela olhava-me dos pés à cabeça. Devia ter um ar inofensivo, com o cabelo húmido e o rosto exausto, o casaco velho.

— Está muito pálida – disse casualmente.

Agarrei a oportunidade.

— Pode dar-me um copo de água?

Ela hesitou só por um segundo.

— Entre.

Entrei com uma sensação de perplexidade, demasiado fácil, demasiado fácil... Mas era eu que estava assustada, e as minhas mãos contraíram-se quando a porta se fechou atrás de mim.

Estava num quarto amplo, com móveis simples, impessoais e um vago cheiro a comida e a perfume barato. Alguns quadros na parede, paisagens feitas em série, um castelo, árvores, uma ponte, uma vivenda com um jardim à frente.

Sentei-me na beira de um sofá e a rapariga voltou com o copo de água. Bebi um golo sem tirar os olhos dela. Tens de estar na defensiva.

— Vive aqui há muito tempo?

— Quase dois anos.

Senti vontade de gritar. Mas só mordi o lábio inferior.

— Mas vivia uma pintora aqui antes?

O rosto dela, vazio, inexpressivo.

— Creio que não. Uma senhora de idade, uma professora reformada ou algo do género.

A janela não estava tão suja como me parecera do exterior, apenas coberta de pó, e sem cortinas.

— Tem um gato?

Ela aceitou a pergunta com naturalidade.

— Há um que vem cá pelo telhado, e deito-lhe comida.

— Mas não é seu.

— Creio que pertence a alguém do prédio ao lado.

— Os gatos gostam de vaguear – disse.

Dois meses antes, havia pinturas nas paredes, telas sobrepostas, um cavalete perto da janela, uma mesa em desordem, cadernos, fotos, latas de tinta, pincéis. Uma estante, um leitor de CD, uma jarra de flores. Uma cadeira de vime com uma almofada onde dormia um gato. Uma chávena de café esquecida, um cinzeiro a abarrotar. Tudo desaparecera. Como se eu nunca tivesse estado ali. Um fantasma, mas até os fantasmas deixam qualquer coisa atrás.

E havia qualquer coisa... Mas não sabia o quê, não sabia o quê.

Levei o copo à boca e bebi um pouco de água. Depois pousei-o na mesa.

— É muito amável.

A rapariga parecia subitamente inquieta. Não se deixa entrar um estranho em casa, pensei. E contive uma risada.

— O meu namorado deve estar a chegar.

Talvez haja um namorado, mas não estás à espera dele. Agora és tu que estás assustada. Sim, é medo o que vejo nos teus olhos, mas como é possível teres medo de mim?

Talvez penses que estou louca. O que estarás a ver no meu rosto? Quando alguém se quebra por dentro, será que isso transparece no rosto?

Olhei para o relógio de pulso.

— Já é tarde.

— Sim.

— Vou-me embora – disse num tom tranquilizador.

Não lhe agradeci o copo de água. Como poderia?

Quando ela fechou a porta atrás de mim, fiquei imóvel por instantes. Aquela sensação de que havia algo de errado. Uma fenda quase imperceptível no cenário. E de repente compreendi.

Debaixo do cheiro a comida e a perfume barato, persistia ainda o cheiro a tinta de óleo.

Pensei vagamente que deveriam ter pintado as paredes. E conservado as janelas abertas durante dias inteiros.

Agarrei-me ao corrimão para descer as escadas. Saí do edifício, deixando a porta aberta, e procurei refúgio junto ao candeeiro do outro lado da rua. A janela com flores, o gato adormecido no peitoril, as cortinas azuis. Eu estivera ali antes, a olhar para cima. Mas quando fora isso? Porque ficaria parada a olhar para a minha janela? A não ser que fosse só por um momento, antes de correr escadas acima, e entrar.

E mais uma vez a ideia de que Karen estivera ali, a olhar para a janela. Karen a correr na rua da aldeia... Karen a caminhar nesta rua, talvez houvesse crianças a brincar, embora eu nunca as tivesse visto. Ela entrara no café para beber uma água, para observar as pessoas, e depois voltara para debaixo do candeeiro. Uma rapariga solitária com um casaco escuro e o cabelo preso na nuca, um pacote de livros debaixo do braço, talvez um saco de uma boutique na mão. Uma rapariga que olhava para o relógio e percebia que já era muito tarde, atravessava a rua sem se preocupar com os automóveis, e dirigia-se para a estação, e chegava mesmo a tempo de entrar na última carruagem, no comboio que a levaria através de campos fantasmagóricos até uma cidade onde apanharia o último autocarro.

O motorista deixá-la-ia em frente do portão, não havia ali uma paragem mas as pessoas conheciam-se, e a jovem era bonita. Sorrir-lhe-ia vagamente antes de descer, e abrir o portão, e atravessar o jardim, talvez o cão corresse ao seu encontro, não era o cão dela mas gostavam um do outro, e as luzes estariam acesas, e dois estranhos que ela conhecia há anos assumiriam os seus papéis habituais para recebê-la, com o leve cheiro a rosas do vestíbulo.

20.
A chuva

Durante anos pensei que *Le Notti Bianche* se passava numa ponte: Maria Schell esperava o amante que devia voltar naquela noite, Marcello Mastroianni apaixonava-se por ela, e havia música, não sei de onde vinha a música, talvez de um bar ou de uma esplanada próxima; lembrava-me de um barco no canal, e dos sinos a tocarem, e do momento em que começava a nevar, e da rapariga a deixar cair o casaco que tinha sobre os ombros e a correr para os braços de um dos homens. *Black Narcissus*: Deborah Kerr vestida de freira, e o inesperado dos seus cabelos ruivos quando recordava, porque aquele lugar fazia recordar coisas; Flora Robson a confessar que não plantara legumes na horta mas sim flores; Kathleen Byron a tocar o sino do mosteiro na beira do precipício, a pintar os lábios na cela onde não havia espelhos; e depois a luta final entre a jovem com o hábito branco e a jovem com o vestido vermelho, as nuvens lá em baixo, o mosteiro erguia-se acima das nuvens.

Em tempos pensava que todas as histórias eram uma só, a luta entre o anjo bom e o anjo caído, e sempre à beira de um abismo. Mas havia uma segunda história, a rapariga que se apaixonava por um homem numa casa assombrada por outra mulher.

Naquela noite, tinha a impressão de caminhar numa Londres criada em estúdio (como as ruazinhas, as pontes, os canais, do filme de Luchino Visconti, como o mosteiro e o vale profundo do filme de Michael Powell e Emeric Pressburger). Uma rapariga casada que vinha a Londres uma vez por semana, ver um filme ou uma peça de teatro, e trocar um livro na biblioteca, livros de Dorothy Whipple, Richmal Crompton, D. E. Stevenson, Winifred Watson. E Frances Burnett, aquelas histórias de casas velhas e jardins murados.

Levei a mão ao peito para sentir a estrela de madrepérola do meu colar, mas não estava ali. Tirara-o ao vestir-me para o baile, usava uns brincos da mesma cor do vestido e nunca gostei de usar muitas jóias. E de manhã limitara-me a enfiar uns jeans e uma camisola, procurara o casaco castanho no armário do vestíbulo onde estivera sempre.

Meti a mão no bolso do casaco castanho e segurei a pedrinha cor de laranja. Não sabia o nome da pedra, de vez em quando comprava uma nos mercados de rua, e estavam um pouco por todo o lado, nas gavetas da roupa, no meio dos livros, entre os frascos de tinta, nos bolsos dos jeans e dos casacos. A pedrinha reconfortou-me, apertei-a até ficar quente, mais quente do que a minha mão.

Estava nas proximidades da galeria e apertei o passo. A falta física dos quadros, que conhecia bem. Os meus quadros, a neve suja, a cortina de lilases, precisava de voltar a vê-los, passar os dedos na assinatura no canto inferior, dizer o meu nome em voz alta. Ninguém que os olhasse reconheceria a neve, os lilases. Depois de fazer alguns esboços havia um momento, sempre inesperado, em que a neve, a água, as plantas, os campos, as ruas, ou antes, as impressões que tinham deixado em mim, surgiam na tela. As pinceladas evocavam cores, luz, formas, sons, movimento. E depois as dores nos braços e nas costas, e um cansaço por dentro, bem fundo; só tinha forças para lavar as mãos e o rosto, tirar os jeans e a camisa aos quadrados, vestir uma camisola limpa e meter-me na cama. Daí a pouco o gato enroscava-se nos meus joelhos.

Não era muito tarde, talvez a galeria ainda estivesse aberta. É uma galeria pequena, numa rua transversal, tem algo de capela, o baixo-relevo de um anjo num dos lados da porta, a parede a precisar de uma pintura, a tabuleta de madeira, *Antiques old and new*. Deveria ficar aberta toda a noite, como uma igreja, um bar ou um cinema, um abrigo para os que se perderam no caminho. Mas estava fechada, o anjo parecia mais afundado na parede, como se voltasse para um lugar de onde nunca deveria ter saído, a tabuleta de madeira soltara-se num lado; passei a mão no vidro húmido da montra mas tive dificuldade em ver para o interior.

Apeteceu-me bater na porta com os punhos fechados. Queria acender uma vela lá dentro... algumas velas... Para salvar o mundo, disse uma voz dentro de mim. Para me salvar, respondi. Estou a ouvir vozes, como Joana d'Arc.

Voltei as costas à galeria e continuei a andar. Passei por uma entrada do metro e hesitei por instantes; mas não estava longe de casa, uns dez ou quinze minutos.

A impressão de estar num cenário criado em estúdio, um velho filme inglês a preto-e-branco. A irrealidade acentuou-se quando cheguei à minha rua, como se só tivesse passado lá uma ou duas vezes, como se não vivesse lá desde que deixara de estudar.

As lojas escuras como num quadro de Whistler, não me lembrava daquelas sombras. Mas depois de tanto tempo... Se houvesse crianças a brincar na rua, estariam mais altas, mais velhas.

Era uma ideia estranha. Apertei os punhos dentro das algibeiras. Só tinham passado dois meses, pouco mais de dois meses. Estivera longe dois meses, deixara para trás os meus quadros e o meu gato, telas inacabadas no cavalete e na mesa onde trabalhava. A janela que dava para os telhados ficava um pouco aberta e o meu gato tinha uma vida dupla, vira-o entrar pela janela da senhora de idade que morava no prédio ao lado. Sentira a sua falta, éramos um do outro há tantos anos, sabia que era sempre o mesmo, o primeiro gato que tivera em criança, que nascera no quintal das traseiras da minha casa, tínhamos conseguido encontrar-nos uma e outra vez nos oceanos do espaço e do tempo.

Parei junto ao candeeiro da rua, em frente do prédio, a olhar para a minha janela. Os vasos de gerânios vermelhos não estavam no peitoril, a porteira devia tê-los levado para dentro. Mas mesmo com a luz fraca podia ver que as cortinas azuis não estavam na janela, talvez fosse impressão minha, mas os vidros pareciam sujos, cobertos por uma espessa camada de poeira.

Não tem importância. Amanhã lavo a janela e ponho as cortinas e tudo voltará a ser como dantes.

A minha cama estreita, os lençóis baratos que não mudava com muita frequência. Uma pintura minha na parede, céu e oceano, estrelas no céu e no oceano, a forma irregular. Uma jarra com flores do campo e folhagem. A estante com os Henry James e os Williams. E o leve cheiro a tinta de óleo no ar, embora tivesse sempre o cuidado de deixar a porta do quarto fechada.

Abri a bolsa castanha que não era minha e tirei o chaveiro. Procurei a chave mas claro que não estava ali. Aquelas chaves eram da casa em Northumberland, a do portão, a da entrada, a da cozinha, a da porta das traseiras (e era Emily que fechava as portas e as janelas à noite e as abria de manhã). O *meu* chaveiro só tinha duas. Tentei lembrar-me da última vez que o vira. Estava na mochila, a mochila com alguma roupa, o caderno de esboços e material de pintura que nunca chegara a encontrar. Devia ter sido arrastada pela água da cascata, pela água do lago que se transformava num ribeiro e desaparecia no interior das rochas.

Ou talvez Alan a tivesse encontrado, talvez ele soubesse o tempo todo quem eu era, onde vivia. Talvez a tivesse escondido, como o casaco castanho, num sítio onde não chegara a procurar.

Estou de novo debaixo do candeeiro, como se ele me protegesse de algo mais que a escuridão. Se começar a nevar agora, a neve será a fingir, nada disto é real.

Não está a nevar mas começou a chover. Uma chuva forte, inesperada, como o desfecho de qualquer coisa. E não posso continuar aqui. Olho para o relógio de pulso, já é tarde, tenho pouco tempo para apanhar o último comboio.

Tiro o casaco castanho e passo-o por cima da cabeça. Atravesso a rua, sem me importar com os automóveis. A chuva é tão forte que me empurra, quase me faz cair no chão.

Mas agora estou no outro lado, onde os edifícios me protegem um pouco. Aperto o passo, a caminho da estação.

*Os meus agradecimentos
à Ana Neto e ao João Reis.*

© Ana Teresa Pereira, 2016
Todos os direitos desta edição reservados à Todavia.
Respeitou-se aqui a grafia usada na edição original.

ilustração de capa
Zansky
revisão
Ana Alvares
Renata Lopes Del Nero

Dados Internacionais de Catalogação na Publicação (CIP)
——
Pereira, Ana Teresa (1958-)
Karen: Ana Teresa Pereira
São Paulo: Todavia, 1ª ed., 2018
120 páginas

ISBN 978-85-93828-44-7

1. Literatura portuguesa 2. Romance I. Título

CDD 869
——
Índice para catálogo sistemático:
1. Literatura portuguesa: Romance 869

Obra apoiada pela Direção-Geral do Livro,
dos Arquivos e das Bibliotecas/Portugal.

todavia
Rua Luís Anhaia, 44
05433.020 São Paulo SP
T. 55 11. 3094 0500
www.todavialivros.com.br

fonte
Register*
papel
Munken print cream
80 g/m²
impressão
Ipsis